Hoy por ti, mañana por mí

El pacto a la recíproca
de dos familias
durante la Guerra Civil (1936-1939)

Hoy por ti, mañana por mí

El pacto a la recíproca
de dos familias
durante la Guerra Civil (1936-1939)

Gemma Tribó Traveria

la mar de fàcil
editorial

Primera edición: septiembre 2025

Adaptación a Lectura Fàcil: Eugènia Salvador
Traducción: Eva Cazorla
Diseño de la cubierta: Raquel Pineda
Documento página 110: Arxiu Municipal de Cambrils

Editorial La Mar Fàcil SL
C/ Neopàtria, 936, local
08030 Barcelona
www.lamardefacil.com

Depósito legal: B 15535-2025
ISBN: 978-84-10371-23-1
Impreso por Podiprint

Este logo identifica los materiales que siguen las
directrices internacionales de la IFLA (International
Federation of Library Associations and Institutions)
para personas con dificultades lectoras.
Lo otorga la Asociación Lectura Fácil.
Para más información: www.lecturafacil.net

Para Martina y Ariadna,
porque su tiempo sea de paz.

ÍNDICE

INTRODUCCIÓ

Esta historia recupera la memoria de una guerra
que trastocó la vida de muchas personas
anónimas y sencillas.

Son personas que no salen en los libros de historia,
pero que vivieron las trágicas consecuencias
de los hechos bélicos que otros provocaron.

A partir de 1930, en algunos países europeos
como Italia y Alemania, se impusieron
dictaduras fascistas, es decir, contrarias a la democracia.
En España, en el año 1936, militares fascistas
liderados por el general Franco
dieron un golpe de estado[1]
contra la Segunda República[2].

Este hecho desencadenó la Guerra Civil
que duró tres años,
del 18 de julio de 1936 al 1 de abril de 1939.

---

1. Revuelta armada contra el estado legalmente establecido
   con el objetivo de derribarlo.
2. Régimen democrático que existió en España entre 1931 y 1939.

Adolf Hitler[3] en Alemania y Benito Mussolini[4] en Italia
apoyaron a Franco, enviándole armas y municiones
y bombardeando con su aviación a la población civil.

Durante tres años, la muerte, los bombardeos,
el hambre, las enfermedades y la malnutrición
formaron parte del día a día de todos.

Pero en todas las guerras hay situaciones
que muestran la solidaridad entre las personas,
sea cual sea el bando en el que luchan.

El pacto a la recíproca, un acuerdo de ayuda mutua
entre dos familias, explica un hecho real
y enlaza las vidas de dos chicos durante la guerra.

---

3. Político y militar alemán, creador del nazismo. Fue elegido
   Canciller de Alemania en el año 1933, pero suprimió la democracia
   y se convirtió en un dictador que provocó la Segunda Guerra Mundial
   (1939-1945). Durante la Guerra Civil española
   fue un aliado de Franco y le dio ayuda militar.
4. Dictador de Italia del 1922-1943. Creó un régimen antidemocrático
   llamado fascismo. Durante la Guerra Civil española
   fue un aliado de Franco y le proporcionó ayuda militar.

La vida de Miquel Tribó, pastor,
maestro y soldado republicano, de Gerb,
y la de Joaquim Vidal —en este caso
el nombre es inventado—,
pescador y soldado franquista, de Salou.

Durante la guerra, la madre de Miquel
ayudó a Joaquim en el pueblo de Gerb.
Los primeros años de la postguerra,
Miquel se refugió en el Mas Oliver, cerca de Salou,
gracias a la familia de Joaquim.

Las dos familias superaron el miedo
y el espíritu de venganza,
y contribuyeron a un futuro mejor.

PRIMERA PARTE

Miquel Tribó:
pastor, maestro y soldado
de la Segunda República

1. 1915-1936. INFANCIA Y JUVENTUD

DORMIR EN EL GRANERO: LA CASA VEJA DE GERB

El 16 de agosto de 1915 nació Miquel
en una vieja casa de payés en Gerb,
un pueblecito al lado de Balaguer,
en la comarca de la Noguera.
Era el cuarto de cinco hermanos.

La gente conocía la casa por dos sobrenombres:
Cal[5] Josep o *Cal* Gravat.

—¿Por qué nos llaman así?
—le preguntó un día Miquel a su padre.

—Nos llaman Cal Josep porque es mi nombre
y el de mi padre, y Cal Gravat porque tu abuelo
tuvo la viruela y le quedó la cara grabada.

---

5. "Casa de...". Contracción de la palabra ca, 'casa', y el artículo el.

En la masía también vivían los abuelos, el tío
y el mozo, que los ayudaban con las faenas del campo.
Tenían establos para los animales y mucho espacio
para guardar el vino y el grano de las cosechas.

Cuando Miquel era pequeño, las casas de Gerb
no tenían agua corriente ni luz eléctrica.
Los chicos y el mozo dormían en el granero,
aprovechando el calor que daban los animales.
Para hacer las necesidades iban a las cuadras.
Para lavarse mojaban una toalla
con chorros del botijo y se la pasaban por la piel.
Cuando anochecía, se iluminaban con candiles.

Vista de Gerb (1920-1930).

¿IR A LA ESCUELA O HACER DE PASTOR?

A los cinco años,
Miquel empezó a cuidar a los animales.
Iba a la escuela los meses más fríos:
diciembre y enero.
Esos meses los animales estaban encerrados
en el establo.
En primavera y en otoño hacía de pastor.
Como iba poco a la escuela, no aprendía mucho.
Envidiaba a los niños que iban cada día
y que después se quedaban a jugar
en la plaza del pueblo.
Él tenía prohibido hacerlo.

Los días de Fiesta Mayor, Miquel oía tocar
a la orquesta del baile y se ponía triste

—¡De mayor no seré pastor! —decidió Miquel.

Hacer de pastor significaba no tener amigos
y no poder jugar con los niños del pueblo.
Miquel se sentía solo.

LA FAMILIA ESTRENA CASA

El año 1926, el padre de Miquel construyó
una casa nueva, en las Clotas, a 20 minutos del pueblo
y cerca del río Segre.
Una casa con agua corriente.

—¡Qué alegría, me podré lavar cada día
y podré ir al váter! —exclamó Miquel—.
¡Y tendré una habitación para mí
y ya no tendré que dormir nunca más en el granero!

Era una habitación pequeña,
pero muy caliente en invierno,
porque pasaba la chimenea del fuego de la cocina.

La electricidad ya había llegado al pueblo,
pero en la nueva casa no había
y seguían utilizando el candil.
Delante de la masía estaba la era
para moler los cereales, y en la planta baja
el granero donde se guardaban la paja
y el heno seco para alimentar a los animales.

La familia delante de la casa nueva de las Clotas, en 1926.
Miquel está en la segunda fila, el primero por la izquierda.

Tenían ganado, un corral para los cerdos,
un gallinero y conejeras.
La madre había plantado melones
y había responsabilizado a Miquel de su cuidado.
Él se sentía muy orgulloso.
En verano, muy contento, decía:

—¡Mirad qué melones más buenos y maduros
que os he recogido!

Al lado de la casa estaba el huerto
y los márgenes de los campos estaban llenos de frutales.

A Miquel le gustaba mucho la fruta.
En mayo recogía las cerezas, en junio las peras
y durante todo el verano albaricoques, ciruelas,
melocotones, higos, uvas, manzanas...

LA ESPERANZA: ALINYÀ

Un día los padres fueron a ver al maestro del pueblo.

—¿Podéis preparar a Miquel para el examen
de ingreso a magisterio? —le preguntaron.

—No lo puedo hacer, Miquel ha venido poco
a la escuela, y a duras penas sabe leer y escribir
—les respondió el maestro.

Entonces, el hermano pequeño del padre,
que era maestro, les dijo:

—Yo prepararé a Miquel para el examen,
pero tendrá que venirse conmigo a Alinyà,
como mínimo durante un año.

Así fue cómo Miquel, con 14 años recién cumplidos,
se marchó por primera vez a Alinyà.

Ese año en Alinyà fue muy feliz.
Creció, engordó y, lo más importante,
por primera vez tuvo amigos de verdad.

Cada día iba a la escuela con su tío,
que a partir de las cinco de la tarde
le daba clases particulares.

ESTUDIANTE EN LLEIDA Y MAESTRO NOVEL

En otoño de 1930,
Miquel se fue a Lleida a estudiar magisterio.
Lo internaron en un colegio,
donde cada alumno debía llevarse
la ropa y el colchón.

Era consciente de que estaba atrasado
y que tenía que estudiar mucho para aprobar.
Finalmente, lo aprobó todo.

Durante el primer curso se proclamó
la Segunda República.
Miquel participó en una manifestación
en Lleida para celebrarlo.

Estudiante en Lleida, año 1932.

Cuando empezó el segundo curso,
se decretó que chicos y chicas podían estudiar
en la misma escuela sin separación.

En septiembre de 1931, Miquel pasó
de un grupo de 23 chicos a un grupo mixto
de 80 chicos y chicas.
Durante el tercer curso empezó a vaguear.
Siempre que los compañeros salían y le preguntaban:

—¿Vienes con nosotros?

Él les contestaba sin pensárselo:

—¡Claro! ¡Esperadme!

Así perdió la costumbre
de estudiar los fines de semana
y le fue muy justo para aprobar.
Pero, finalmente, el siguiente año
obtuvo el título de maestro.
En junio de 1934, con 19 años, Miquel era maestro.
«¡Nunca más seré pastor!», pensaba Miquel.

Su primer trabajo, ese mismo año,
fue en la escuela mixta de Millà,
un pueblo muy cercano a Àger.

Miquel estaba eufórico.
Cuando entró en el aula por primera vez
se puso nervioso.
Se había preparado la lección para tres horas
y a los cinco minutos ya había acabado el tema.

En el año 1934, Millà tenía 17 casas habitadas.
De los alumnos, solo 3 eran del pueblo.
Los otros 12 venían de casas de payeses aisladas
y tenían que caminar una hora para ir a la escuela
y otra para volver.
A menudo faltaban a la escuela,
como también había hecho Miquel
cuando estaba en su pueblo.

Era una tierra pobre, llena de rocas y de arbustos.
Las tiendas y el ayuntamiento
se encontraban en Àger.
Miquel vivía en una pensión
y llevaba una vida austera.

El sueldo de maestro era bajo
y a menudo se lo pagaban con retraso.

Cobró por primera vez en febrero de 1935.
Al recibir de golpe todos los sueldos atrasados
se emocionó y no pudo contar el dinero.
¡Nunca había visto tanto dinero!

De maestro en Millà con un grupo de alumnos en 1934.

En la plaza del pueblo estaba la escuela,
la iglesia y la rectoría.
La plaza era el patio de la escuela.
Cuando Miquel acababa las clases,
se encontraba allí con el rector
y comentaban las noticias del día.

—¿Qué diario lees, Miquel? —le decía el rector.

—Estoy leyendo *La Humanitat* y
lo que me preocupa son los rumores
de un golpe de estado fascista
—le contestaba Miquel enseñándole el periódico.

—No te preocupes, que no pasará nada,
El Debate no dice nada —le respondía el rector.

El rector era un hombre abierto y liberal
y le gustaba hablar con un maestro joven.

DE NUEVO EN ALINYÀ

En 1935, un amigo de Miquel del internado de Lleida,
Isidor Solà, era maestro en Alinyà.
Por este motivo y porque guardaba
muy buenos recuerdos de aquel pueblo,
pidió una plaza de maestro, que le concedieron.

La escuela donde fue Miquel era nueva,
y acogía a los niños y niñas hasta los 10 años.
A la escuela vieja iban los mayores de 10 años
y el responsable era el amigo Solà.
Cuando se acercaba el buen tiempo
y el día se alargaba, los dos amigos paseaban
por los alrededores de Alinyà.
El paisaje era muy bonito.

—¡Fíjate, qué paso más estrecho
y cómo está rodeado de acantilados altísimos!
—decía Miquel con admiración.

—¡Mira el río Perles al fondo del valle!
Tiene la forma de una serpiente —añadía Isidor.

—¿Vamos a buscar a los maestros de alrededor
y salimos a festejar? —propuso Miquel.

—¿Es que quizá quieres ir a bailar con las maestras?
—dijo Isidor.

Miquel se sintió descubierto y se puso rojo.

También iban a los encuentros populares
por las fiestas de San Ponce y Santa Pelaya,
que se celebraban en primavera.
Iba todo el pueblo y después del acto religioso
se hacía un baile con acordeón para todos.
La gente se traía la comida y comía al aire libre.

Estos dos días eran como una fiesta mayor pequeña.
La Fiesta Mayor importante era en agosto,
cuando Miquel estaba de vacaciones en Gerb,
ayudando a la familia en los trabajos del campo.

La mayoría de chicas de Alinyà
dejaban la escuela antes de tiempo
y se iban a Barcelona a hacer de criadas.
Cuando se organizaba un baile
siempre faltaban chicas.
Era costumbre hacer sonar la trompeta a medio baile
para indicar a las chicas
que tenían que cambiar de pareja.
Así los chicos del pueblo
podían bailar con todas ellas.

2. 1936-1939. LA GUERRA CIVIL: DE MAESTRO A SOLDADO Y PRISIONERO

EL INICIO DE LA GUERRA CIVIL

El 18 de julio de 1936, el general Franco
dio un golpe de estado contra la Segunda República.
En las grandes ciudades como Madrid y Barcelona,
la resistencia de los obreros y de los partidos
de izquierda hicieron fracasar el golpe de estado.
El país quedó dividido
entre las zonas leales a la República
y aquellas en las que había triunfado
el golpe de estado.
Se iniciaba así una guerra civil que duró tres años.

Miquel estaba en Gerb, con su familia.
Había ido a ayudarlos para la cosecha de cereales.
De momento, la guerra no les afectaba.
El hermano mayor, Bepet, se inscribió
como miliciano en el Comité del pueblo[6].

---

6. Grupo de personas voluntarias que se propusieron defender
   la Segunda República.

Després de vuit mesos de cruentíssima guerra en les terres d'Ibé
ria, quan tantes i tantes vides de germans nostres han caigut al camp
de batalla, aclibellats per la metralla del feixisme, defensant els dr
ts del treballador, defensant la cultura, lluitan (en fi) per la conse-
cució d'un régim de llibertat, més digne i més humá en sigui suprimida
l'home per l'home.

Consideran que el sacrifici de la guerra que ocupa la més i
més bona part del poble espanyol, és inmens en tots els seus aspectes
produint febrilment en homes i productes.

Tenin en compte que la situació del camperol es confusa
en tots els aspectes des del dinou de juliol ençà, puix encara subsis-
teixen en peu terratinens que s'han de fer treballar el camp per ex-
pletas jornalers, migers o arrendataris, i no havent-se dictat cap nor
ma, des del Govern, posant termini a aquesta situació transitoria i co
nfusa que regna al camp, nesaltres, organitzacions que avalem el pre-
sent document, del poble de Gerp, creien recullir els anhels dels camperols pobres, que són alhora els més y els més antifeixistes, demanem
del Consell de la Generalitat de Catalunya

" Que sigui decretada la socialització de la terra i repar-
tida, en cada localitat, proporcionalment, entre tots els camperols
hàbils"

I demanem això, perquè entenem, com a camperols, que és la major
justicia que podria fer-se als de la terra donar-les el que sobradament
tenen suat, i promes i merescut.

Tot lo qual elevem a la vostra consideració, la més alta
representació del poble català esperant que es donarà satisfacció rapi
dament als més justes duhels del camperol Català.

Gerp quinze de març de mil noucens trente-i-set

el Comité local de la Confederació Nacional del Treball (C. N.

el Comité local del Partit Obrer d'Unificació Marxista (POUM)

Miquel firma una demanda a la Consejería de Agricultura
en representación del POUM de Gerb, en marzo de 1937.
(Archivo Nacional de Catalunya)

Pero como Bepet era el heredero
y tenía que hacer la cosecha,
la madre pidió a Miquel
que le sustituyera en el Comité.

Saber escribir convirtió a Miquel
en redactor de documentos del Comité,
como el que firmó
dirigido a la Conserjería de Agricultura,
el 15 de marzo de 1937.

MAESTRO EN BALAGUER

Los compañeros del POUM, uno de los partidos
de izquierda que defendía la Segunda República,
al saber que en Gerb había un miliciano maestro
le propusieron:

—¿Por qué no nos representas en el CENU[7]
de Balaguer?

---

7. Consejo de la Escuela Nueva Unificada,
   institución que organizó la escuela pública durante la guerra
   para que ningún niño y ninguna niña se quedara sin escuela.

—Lo haré con mucho gusto. Todo lo que sea
para mejorar la escuela me gusta —les contestó.

En septiembre de 1936, Miquel fue nombrado
maestro del CENU en Balaguer
donde trabajó 14 meses.

Su primera tarea como maestro fue elaborar
un censo de la población escolar de Balaguer.
La guerra provocó el cierre de las escuelas religiosas
y unos 1.200 niños y niñas estaban sin escolarizar.
La República subió el sueldo a los maestros
y quería que todos los niños y las niñas
fueran a la escuela.
El aumento de sueldo permitió a Miquel
pagarse una habitación bastante confortable,
que, incluso, tenía calefacción.

Cartel de la Escuela Nueva Unificada, año 1936.

A LA GUERRA: EL PRIMER COMBATE

La guerra se alargaba
y el ejército de la República necesitaba soldados.
Pero Miquel fue declarado inútil
para el servicio militar a causa de una enfermedad
que le afectaba a la glándula tiroides.

Se empezó a reclutar a jóvenes
que habían sido declarados inútiles para ir al frente.
Fue el caso de Miquel, que el 12 de julio de 1937
fue declarado útil para todo el servicio.

En septiembre de 1937,
enviaron a Miquel al frente.

La primera noche durmió en un arenal
del río Matarraña, en Caspe (Aragón).
Al día siguiente, él y los otros soldados
que acababan de llegar
pasaron un reconocimiento médico.
Todos fueron declarados útiles para la guerra.

GENERALITAT DE CATALUNYA

Consell de Sanitat de Guerra

El ciutadà *Miquel Tribó i Salmons*

s'ha presentat el *28* de *febrer* del 193*7*,

a l'Ajuntament de *Os de Balaguer*

Després d'examen mèdic ha estat declarat *útil per*
a serveis de reraguarda, per sofrir goll.

El metge   L'alcalde

H. Vilà i Armans   *Valerio Llovera*

La Junta de Classificació de

el dóna per *útil a tot servei*

                        12-7-37

De conformitat amb l'anterior ha estat destinat

a prestar servei a l'arma de _____

amb data _____ d _____ del 193__

Documento que declara a Miquel útil para la retaguardia
(28 de febrero de 1937)
y que después (12 de julio de 1937)
le declara útil para todo el servicio.

Miquel y sus compañeros fueron incorporados
a la División 27, destinada a combatir en el frente.
En Caspe hicieron la instrucción.
El responsable de la Compañía de Transmisiones,
encargada de retransmitir los mensajes por teléfono,
al saber que Miquel era maestro
le propuso que hiciera de su secretario.
Muchos soldados eran analfabetos
o estaban mal escolarizados.

Un día los subieron a un camión
y los dejaron en el valle del río Gállego,
en una zona del Alto Aragón.

El primer día de combate
avanzaron unos 25 kilómetros.
La Compañía de Transmisiones recibió la orden
de llevar la línea de teléfono
a sus nuevas posiciones.
Para conseguirlo tenían que cruzar el río Gállego.
Miquel fue el encargado de cruzar el río
y llevar el cable conductor al otro lado.

La Compañía se instaló
en el molino de Orna de Gállego,
cerca de la estación de ferrocarril
y del puente sobre el río.
Aquel otoño de 1937
hubo unas lluvias muy intensas y el Gállego,
como muchos otros ríos, se desbordó.

Soldado de la República en el frente de Aragón,
noviembre de 1937.

Su grupo se quedó aislado y sin suministros.
Por suerte, pudieron conseguir un cerdo
que bajaba ahogado por las riadas
y que les permitió saciar el hambre.

Las lluvias extendieron una epidemia de tifus[8],
que causó igual o más bajas que los combates.
Poco antes de Navidad los relevaron del frente
y los llevaron a la retaguardia, a Torrente de Cinca.
Debían descansar para reorganizar la División 27,
castigada por las bajas del combate y del tifus.

LA BATALLA DE TERUEL

A principios de enero de 1938 fueron enviados
a Teruel, que hacía poco había sido conquistada
por los republicanos.

Un compañero de Balaguer
le preguntó a Miquel:

---

8. Enfermedad infecciosa que produce fiebre alta, dolor de cabeza,
manchas rojas en el cuerpo y, a menudo, la muerte.

—¿Sabes quiénes son aquellos extranjeros
que están en Teruel?

—No —le respondió Miquel.

—Me han dicho que uno es
el escritor norteamericano Ernest Hemingway
y el otro un fotógrafo famoso,
que se llama Robert Capa.

—La verdad es que no los conozco.
¿Sabes a dónde nos llevan a dormir esta noche?
—le preguntó Miquel.

—Dicen que vendrán a buscarnos unos camiones
para llevarnos a Alfambra.

Alfambra era un pueblo de montaña,
al norte de Teruel,
donde nace el río que lleva el mismo nombre.

Franco había puesto tropas cerca de Teruel
y la División de Miquel
las había atacado por detrás.
El combate empezó
dos o tres días después de la llegada.

Ocuparon la estación de Singra,
de la línea Zaragoza-Teruel.
Pero, cuando empezó a salir el sol,
vieron el cielo lleno de aviones franquistas,
que se dirigían a ametrallar
a los soldados de la División 27.

El único cañón antiaéreo
que tenían los republicanos
se obstruyó al segundo disparo y dejó de funcionar.
Los soldados republicanos
se tuvieron que dispersar rápidamente
para defenderse de la aviación.

Miquel explicó que después de cuatro días
siendo bombardeados, los relevaron.

Casi no quedaban soldados.
La mayoría estaban muertos
o se habían ido en desorden
hacia la zona de Castellón.

El invierno de 1937-1938
en la zona de Teruel fue muy duro.
La nieve, el viento y las temperaturas
de 17 grados bajo cero empeoraron la vida
de los soldados republicanos.
Los soldados, mal alimentados, helados y heridos,
sufrían con desesperación los efectos de las bombas.

A menudo no había alimentos,
municiones ni armas.
Esta situación provocó la derrota republicana
de la batalla de Teruel.

Los soldados republicanos que resistieron
se protegieron dentro de un túnel
de la carretera local.
Sin la protección de este túnel
no hubieran sobrevivido.

Cuando podían, salían a recoger a los heridos
del campo de batalla y se los llevaban al túnel,
donde los médicos hacían lo que podían
para salvarlos.

Después de cuatro días de combate,
los supervivientes de la División 27
fueron relevados y devueltos de nuevo a Alfambra.

El 6 de febrero abandonaron el pueblo
y se refugiaron en un túnel
del tren Pobla de Segur-Baza.
Era un túnel de unos 400 metros.
Durante el día se protegían unas 2.000 personas,
entre soldados republicanos
y población civil de los pueblos vecinos.

Al ponerse el sol, las tropas franquistas
se situaron en las dos bocas del túnel
y les mandaron salir en fila y con los brazos arriba,
mientras les apuntaba una metralleta.

Se los llevaron como prisioneros de guerra
a la iglesia de Alfambra,
donde dos oficiales franquistas
leyeron los nombres de dos extranjeros.
Eran voluntarios de las Brigadas Internacionales.[9]
Se los llevaron fuera y, pasados unos minutos,
escucharon dos disparos
que acabaron con sus vidas.

Batalla de Teruel donde Miquel
fue hecho prisionero de guerra, en febrero de 1938.
(Fotografía de Roberto Capa)

---

9. Voluntarios extranjeros de más de sesenta países que lucharon
al lado de la Segunda República durante la guerra civil.
Llegaron a ser cerca de 60.000 y murieron unos 10.000.

PRISIONERO DE GUERRA EN PAMPLONA

Miquel y sus compañeros
pasaron la primera noche
como prisioneros de Franco
en la iglesia de Alfambra, sin dormir nada.

—Miquel, tengo miedo —le dijo un compañero—.
¿Qué van a hacer con nosotros?

La nueva situación les daba miedo a todos.

—He oído decir que mañana nos vienen a buscar
—le respondió Miquel.

Al día siguiente unos camiones los recogieron
y los llevaron a Calamocha
por carreteras desconocidas.
Allí les hicieron subir a un tren de carga.

Tenía unos 40 vagones
y en cada vagón iban 40 prisioneros.
El tren debía transportar unos 1.600 prisioneros.

—¿A dónde nos llevan? —preguntaban todos.

—Dicen que vamos al campo de prisioneros
de Miranda de Ebro —contestó uno de ellos.

La mayoría de ellos fueron a Miranda de Ebro,
pero otros, Miquel entre ellos,
siguieron hacia Pamplona.
El viaje en tren duró tres días y tres noches.
Para comer les dieron un trozo de pan
y una lata de sardinas.

En Pamplona, los instalaron en el Seminario Viejo,
convertido en un campo de prisioneros
bien organizado. Los franquistas lo utilizaban
para dar buena imagen a la prensa extranjera
y a los refugiados de la zona republicana.

Comían bien y podían salir del campo
para hacer trabajo voluntario.
Los acompañaba una persona de confianza
que se responsabilizaba de llevarlos de vuelta
al campo de prisioneros.

Miquel se presentó para hacer trabajo voluntario.
Una vez fue a la estación a cargar vigas de hierro.
Era mejor trabajar que estar sin hacer nada
todo el día mirando la pared del Seminario.

En Pamplona se intercambiaba
información de guerra.
Había muchos periodistas extranjeros
y un núcleo importante de refugiados
de guerra franquistas.

La estancia en Pamplona duró unos dos meses.
Los presos fueron llamados a declarar
por orden alfabético.
Este hecho le permitió a Miquel
prepararse la declaración.

Él concluyó que le interesaba
que lo declararan dudoso.
En primer lugar, porque era republicano
y no se identificaba con el Movimiento[10].

---

10. Nombre con el que se conocen las organizaciones
    que apoyaron el golpe de estado fascista del 18 de julio,
    que se identificaban con los principios fascistas.

En segundo lugar, porque comprobó
que a los que declaraban ser del Movimiento
los enviaban a la caja de reclutamiento[11] de Burgos
y a continuación estaban destinados
a una unidad militar.

EL CAMPO DE PRISIONEROS DE MIRANDA DE EBRO

Los dudosos de la Compañía de Transmisiones
fueron trasladados al campo de prisioneros
de Miranda de Ebro.
Miquel se reencontró con soldados
de su compañía, que lo acogieron
y lo ayudaron a adaptarse a la nueva situación.

El campo de Miranda de Ebro,
organizado con disciplina militar
era mucho más duro que el de Pamplona.
Además, tenían poca comida.

---

11. Edificio donde los chicos de un territorio se tenían que inscribir
    para incorporarse al ejército y hacer de soldado o recluta.

Se hacía una única comida al día
y se les daba un trozo pequeño de pan negro
para todo el día.

La disciplina era responsabilidad
de los mismos presos.
En cuanto sonaba la trompeta formaban,
comían, dormían...
Era un ambiente de cuartel rígido,
quien no obedecía recibía latigazos
de los prisioneros-vigilantes.

El campo estaba situado
en una fábrica abandonada,
formada por diversos edificios
con un gran patio en el centro.
Desde el patio se entraba a las letrinas[12]
por un pasillo de madera.
Las letrinas estaban conectadas directamente al río
y así la corriente de agua las limpiaba.

---

12. Agujeros construidos en el suelo, o en forma de asiento,
    para poder defecar.

En el campo de Miranda de Ebro se formaban
batallones de trabajadores
con los presos republicanos.
El número de prisioneros era muy variable,
tan pronto eran 5.000 como 15.000.
Dependía de la cantidad de prisioneros
republicanos que se capturaban.

Miquel estuvo pocos días en Miranda de Ebro.
Unos 250 presos declarados dudosos se integraron
a un batallón de trabajadores
que enviaron a Cogolludo (Guadalajara)
a fortificar el frente de los nacionales[13].

EL BATALLÓN DE TRABAJADORES

Cuando un grupo de presos del batallón
salía para ir a trabajar iba acompañado
por soldados armados que lo vigilaban.

---

13. Denominación de los miembros del bando insurrecto o franquista.

Miquel vivía esta custodia armada
como una humillación que le recordaba
que no era libre.

Cuando llegaron a Cogolludo,
un prisionero valenciano que tenía buena relación
con los oficiales le dijo a Miquel:

—Miquel, ¿sabes que no tienen personal de oficina?
Cuando pidan deberías ofrecerte,
les falta gente que sepa escribir.

Así fue como él y su amigo Vallribera,
que era ingeniero,
se convirtieron en los encargados de la oficina.

Unos días después, unos representantes
de la Cruz Roja Internacional les dijeron:

—Podéis escribir a la familia. Pasaremos las cartas
a la zona republicana y os haremos llegar
las que os envíen, pero está prohibido
poner ninguna referencia del sitio donde estáis.

CRUZ ROJA ESPAÑOLA

Asamblea de Sigüenza
(Guadalajara)

San Roque, 16, pral.
Teléfono 107

N.º 1321

REMITENTE

Nombre ~~Antonio~~ Miguel
Apellidos ~~xxxxxxxx~~ Tribó Salmóns
Domicilio 1ª Compañia
Pueblo Nᵒ Trabajadores 13 - Estafeta 35
Provincia Guadalajara
Desea noticias de sus tios. Padres y familia
todos bien. Hermanos Aurora también.
Yo perfectamente. Abrazos y besos

DESTINATARIO

Nombre Miguel
Apellidos Tribó Aleu
Domicilio Calle Alejandro Sancho nº 12 - 2º
Pueblo Capellades
Provincia de Barcelona

Sigüenza   de   de 193

CONTESTE AL DORSO, CON LETRA CLARA Y SOLAMENTE
ASUNTOS FAMILIARES

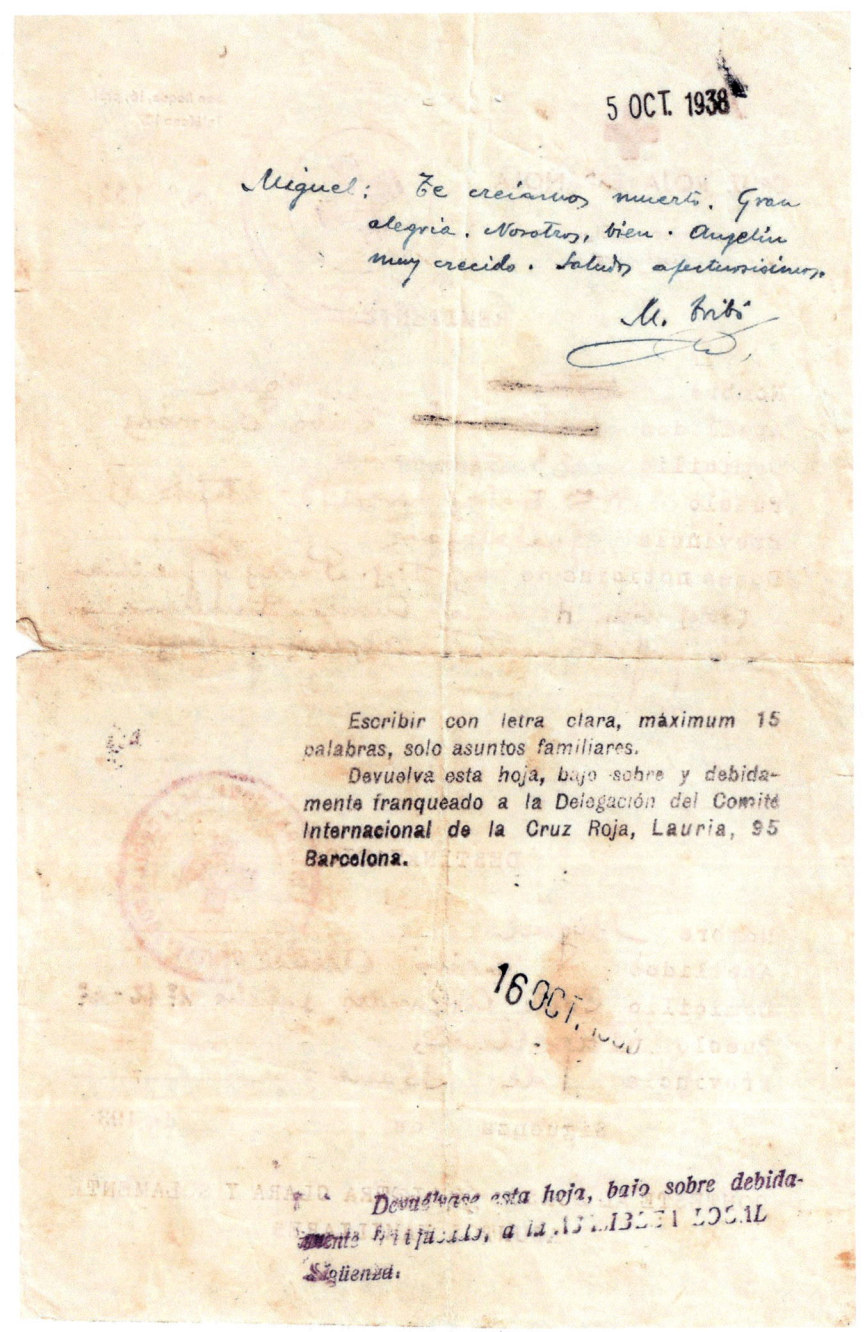

La Cruz Roja Internacional facilita la comunicación
de Miquel con su familia, en octubre de 1938.

De esta manera, en octubre de 1938,
se comunicó con su tío que era maestro.
Por fin la familia se enteró de que aún estaba vivo,
después de meses de no saber nada de Miquel.

La guerra iba avanzando
y las líneas del frente se movían.
Unos días después de enviar la carta,
Miquel oyó a un soldado franquista que decía:

—Me voy a Lleida y después iré a casa
a pasar unos días de permiso.

Con miedo, Miquel se atrevió a pedirle:

—¿Puedes llevar una carta
para mi hermana Antonia, que vive en La Portella?

El soldado aceptó.
Así, la familia supo que se encontraba
en un batallón de trabajadores
cerca de Cogolludo.

Al saber que su hijo estaba vivo y dónde estaba,
el padre de Miquel fue a visitarlo.
Tuvo que pedir un salvoconducto
a la autoridad militar de Gerb,
que ya se encontraba en zona nacional.
Miquel tuvo una grata sorpresa
al ver a su padre en la puerta de la iglesia,
donde tenían el cuartel.

Soldado zapador haciendo trincheras.

Pasearon, hablaron y se pusieron al día de las cosas
que les había pasado desde que estalló la guerra.
Hacía muchos meses que no se veían.

A la vuelta, una patrulla militar
pidió los papeles al padre de Miquel.
Y a pesar de tener el salvoconducto
de los franquistas de Gerb,
lo tomaron por un espía
y estuvo todo un día en la cárcel hasta comprobar
que el salvoconducto era auténtico.

Para fortificar el frente,
el batallón de Miquel se trasladó a un pueblo
de la montaña de Somosierra a cavar trincheras.
Y, en la Navidad de 1938, algunos prisioneros
que cavaban trincheras como Miquel,
les pidieron a los oficiales que los consideraran
soldados zapadores[14].

---

14. Militares del cuerpo de ingenieros, que hacen fortificaciones
y cavan trincheras.

Don Emilio Tejada Ycardo, Alférez Comandante de la 2ª Compañía del Batallón de Trabajadores nº 127

Certifico: Que el trabajador Miguel Tribó Salmóns ha permanecido en esta Unidad por espacio de trece meses, habiendo observado siempre, en todo momento y lugar, excelente conducta, amor y deligencia en el trabajo y buen comportamiento moral; tanto es así que, con esta fecha y el beneplácito de sus superiores, como justa recompensa de su conducta intachable, es enaltecido a soldado nacional.

Y para su constancia libro, firmo y sello el presente certificado en Figueras (Gerona) a vientiuno de Mayo de mil novecientos treinta y nueve. Año de la Victoria

El Alférez Comandante

Emilio Tejada Ycardo

BATALLÓN
2ª COMPAÑIA
DE TRABAJADORES Nº 127

Licencia por buena conducta como soldado zapador, en mayo de 1939.

La solicitud fue admitida en mayo de 1939.
Gracias al documento[15] que lo acreditaba
como zapador, Miquel pudo sobrevivir
durante los años de la inmediata postguerra.

LA CABEZA DE PUENTE DE BALAGUER: A LA RECÍPROCA

El 7 de marzo de 1938,
después de romper el frente de Aragón,
el ejército franquista empezó a avanzar
en territorio catalán.
Aquel día ocuparon Fraga
y la primera población catalana: Massalcorreig.
Cuatro semanas más tarde, entraba en Lleida.

A principios de abril, Balaguer fue bombardeada
por la Legión Cóndor[16].

---

15. Este documento de soldado zapador permitió
    que Miquel pudiese obtener un salvoconducto,
    un documento necesario para desplazarse de un sitio a otro.
16. Cuerpo de élite de la aviación alemana integrado por cazas
    y bombarderos muy modernos

El 6 de abril, las tropas republicanas huían
y, para facilitar la retirada,
volaron los puentes sobre el Segre.

A partir de aquel momento, Balaguer,
que hasta entonces había estado
en la retaguardia republicana,
se convirtió en frente de guerra.

El ejército franquista conquistó la ciudad:
ocupó terreno al otro lado del Segre,
en la orilla izquierda.

Así se estableció la cabeza de puente[17] de Balaguer.
Los republicanos, debilitados y derrotados,
iban reculando.

Durante unos meses,
la línea del frente se mantuvo estable.

---

17. Operación militar orientada a dominar un territorio de avance
    en un frente de guerra para organizar movimientos ofensivos
    y conquistar territorio enemigo, en este caso el territorio
    de la orilla izquierda del Segre a la altura de Balaguer.

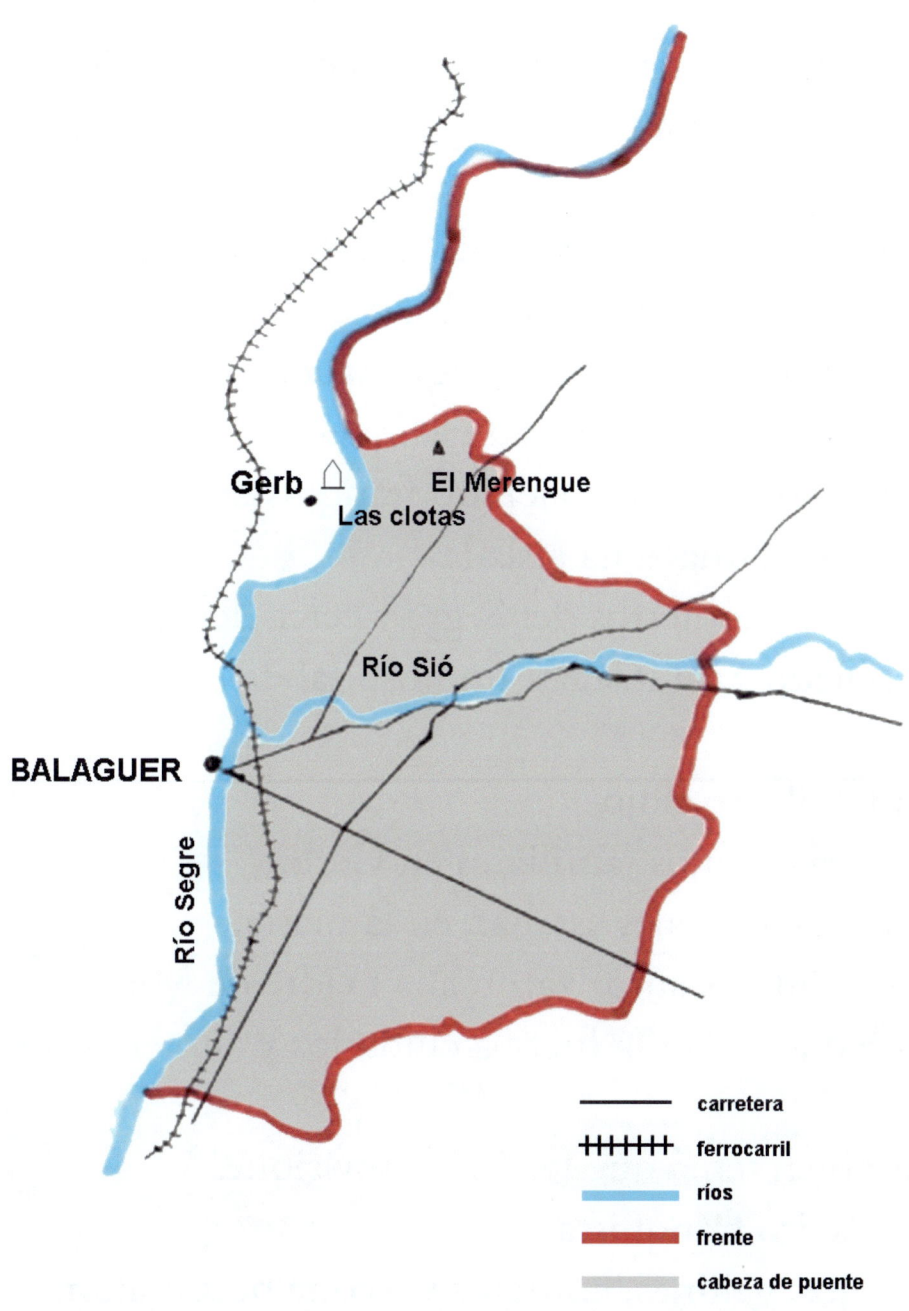

Gerb

El Merengue

Las clotas

Río Sió

BALAGUER

Río Segre

carretera

ferrocarril

ríos

frente

cabeza de puente

Mapa de la cabeza de puente de Balaguer, año 1938.

A los dos lados del río, los dos ejércitos
construyeron trincheras y obras de fortificación
y defensa, como búnkeres y nidos de ametralladoras.

El pueblo de Gerb, situado a la derecha del río,
se encontraba en primera línea de fuego
y dentro del territorio conquistado.
La masía de los padres de Miquel fue requisada
por los oficiales del ejército franquista.
Estaba en una zona aislada
a pocos kilómetros del Segre y cerca del frente,
adecuado para instalar un hospital de campaña.

La familia se alojó
en casa de unos familiares en Gerb.
Pero los animales estaban en la masía.
Los militares autorizaron a la madre de Miquel
para que cada día fuera a cuidarlos y alimentarlos.

También tenía que facilitar provisiones
al ejército franquista:
conejos, gallinas, corderos y lo que necesitaran.

En el hospital de campaña organizado en su masía,
la madre de Miquel conoció
a un soldado franquista herido,
Joaquim Vidal, de Salou.
Durante esos meses, ella lo protegió
y lo ayudó a curarse.
Le daba comida y vasos de leche,
y le lavaba la ropa.

Joaquim Vidal estaba muy agradecido.
Los padres de Miquel pensaron
que podrían hacer un pacto
para ayudarse mutuamente si fuera necesario.
Así surgió el pacto recíproco.

EL FINAL DE LA GUERRA

Al día siguiente del armisticio[18],
el 1 de abril de 1939, Miquel y sus compañeros
recibieron la orden de ir hacia Guadalajara.

---

18. Suspensión de hostilidades convenida entre dos ejércitos en guerra.

Se cruzaron con muchos soldados republicanos
prisioneros de guerra.
Habían abandonado las armas
y se habían rendido a los vencedores.
Llevaban a los soldados vencidos
a un campo de concentración
y de clasificación de prisioneros.

Los soldados vencedores saludaban
a la gente de los pueblos que cruzaban, gritando:

—¡Viva Franco! ¡Arriba España!

Los prisioneros de guerra estaban tristes,
ninguno de ellos abría la boca.

Miquel iba a pie,
siguiendo con su batallón de trabajadores
al ejército franquista de ocupación,
y conduciendo el carro que transportaba,
entre otras cosas, los papeles de la oficina
de los cuales era responsable.

A los pocos días de estar en Guadalajara,
llegó la orden de partir hacia Catalunya
para ir a quitar los escombros de Figueres
de las casas destruidas en los bombardeos.

FIGUERES, UNA CIUDAD EN RUINAS

El viaje de Guadalajara a Figueres
fue largo y duro.
Bajaron del tren en Girona
y después de andar días enteros,
de acampar unos días cerca de Girona,
de atravesar el Ter en barca y continuar en tren,
llegaron a Figueres.
Allí pudieron comprobar
que más de una cuarta parte de la ciudad
estaba en ruinas.

—No se puede pasar por ningún sitio
—le dijo su compañero Vallribera—.
Hay muchas calles obstruidas
por los escombros de las casas.

—Dicen que los últimos bombardeos franquistas
han malogrado una buena parte de la cuidad.
—le respondió Miquel—.
Tendremos que trabajar mucho.

Un edificio del Carrer Nou de Figueres
después de un bombardeo fascista, en febrero de 1939.

Miquel y Vallribera, encargados de la oficina
y con el documento que les acreditaba
como soldados zapadores,
podían moverse por Figueres con libertad.

En Figueres, Miquel se puso enfermo.
Pasó más de un mes
en la sala de infecciosos del hospital.
La madre y la hermana pequeña, Soledat,
fueron a visitarlo.

—¿Cómo te encuentras, Miquel? —le preguntaron
mientras le daban un paquete de comida.

Miquel se puso muy contento.
No las había visto desde que se fue a la guerra,
hacía casi tres años.

3. 1939-1949. LA POSTGUERRA: EL MIEDO Y EL HAMBRE

LOS AÑOS DEL MIEDO: EL VALOR DE LA LICENCIA

En julio de 1939, el batallón de trabajadores
recibió la orden de ir a Navarra.
Miquel y los prisioneros
reconocidos como zapadores
se quedaron en Girona.

En Girona, Miquel no pudo seguir
haciendo de oficinista
y tuvo que trabajar a pico y pala.

En los meses inmediatos al final de la guerra,
la represión era salvaje y arbitraria.
En Gerb, pueblo de Miquel
que no llegaba a 500 habitantes,
encerraron en la prisión a más de 70 hombres,
entre ellos su padre y su hermano mayor.

Miquel tenía miedo, aunque se podía mover
porque tenía la licencia como soldado zapador.
Pero la situación de prisión de sus familiares
le aconsejaba no volver a Gerb.

Él pensaba:
«Si voy al pueblo también me encarcelarán».
Miquel había defendido la Segunda República
y la República había perdido la guerra.
Así fue cómo Miquel buscó refugio
en casa de su tío, que le había ayudado a estudiar.
Por aquel entonces su tío estaba casado
y era maestro en Capellades.

Después de unas semanas en Capellades,
decidió ir a Salou, a pedir ayuda a la familia
de Joaquim Vidal, el soldado franquista
a quien su madre había cuidado
cuando habían instalado
el hospital de campaña en Gerb.
Miquel quería aprovechar el pacto a la recíproca
que habían hecho las dos familias
y pedir que lo acogieran.

Gracias a la licencia como soldado zapador,
Miquel pudo obtener el salvoconducto
y desplazarse a Salou.

Salvoconducto obtenido gracias a ser soldado zapador,
7 de octubre de 1940.

A LA RECÍPROCA: MOZO EN EL MAS OLIVER

Cuando Miquel llegó a Salou,
buscó a la familia de Joaquim Vidal,
el soldado franquista
que había pactado a la recíproca.
Él había muerto en la guerra,
pero la madre y la hermana hablaron
con un amigo de la familia,
Joan del Mas Oliver, y le explicaron el caso.

Gracias a la familia de Joaquim Vidal,
que respetó el pacto a la recíproca,
Miquel se colocó de mozo en el Mas Oliver,
que se encontraba en Vilafortuny, cerca de Salou.

A cambio de trabajar la tierra de sol a sol
el amo le pagaba 10 reales[19] al día
y le daba comida.
Miquel trabajó en la masía 15 meses.

---

19. Moneda antigua, que equivalía a 25 céntimos de peseta.

El terreno de la masía estaba lleno de avellanos,
almendros, olivos y viña;
también había un pozo con una balsa de agua.
Si había suficiente agua, podían cultivar un huerto
en medio de los avellanos.

Joan, el amo, iba con la mula y la tartana
a vender las hortalizas al mercado de Reus.
Joan vivía con su mujer y sus tres hijos pequeños.
Los niños estaban todo el día jugando
y no se habían escolarizado.

EL ESTRAPERLO Y EL HAMBRE

Cuando acabó la guerra, en 1939,
faltaban alimentos y la gente pasaba hambre.
Las autoridades distribuyeron
cartillas de racionamiento que permitían comprar,
al precio fijado por las autoridades,
los alimentos básicos, como el aceite o el pan.
Pero, muy a menudo,
en las tiendas no tenían nada.

Esta situación de hambre extrema estimuló
el estraperlo, o mercado negro, nombre que se daba
al mercado ilegal de productos racionados,
que se vendían a escondidas y a precios abusivos.

Cartilla de racionamiento.

En las zonas rurales
se comía lo que se cogía del huerto.
El hambre era más dura en las ciudades.
La gente de ciudad se desplazaba al campo
para comprar a los payeses, que vendían la comida
a precios muy elevados.

Panadería de Barcelona con colas para comprar
pan racionado, en 1940. (Colección Marletti)

Joan del Mas Oliver conocía caminos
seguros y solitarios para ir de la masía
al molino de aceite de la familia.

Por la noche, con la tartana,
iba a buscar aceite a Riudoms.
Al día siguiente vendía el aceite a estraperlistas,
que lo llevaban a Barcelona para revenderlo
en el mercado negro.

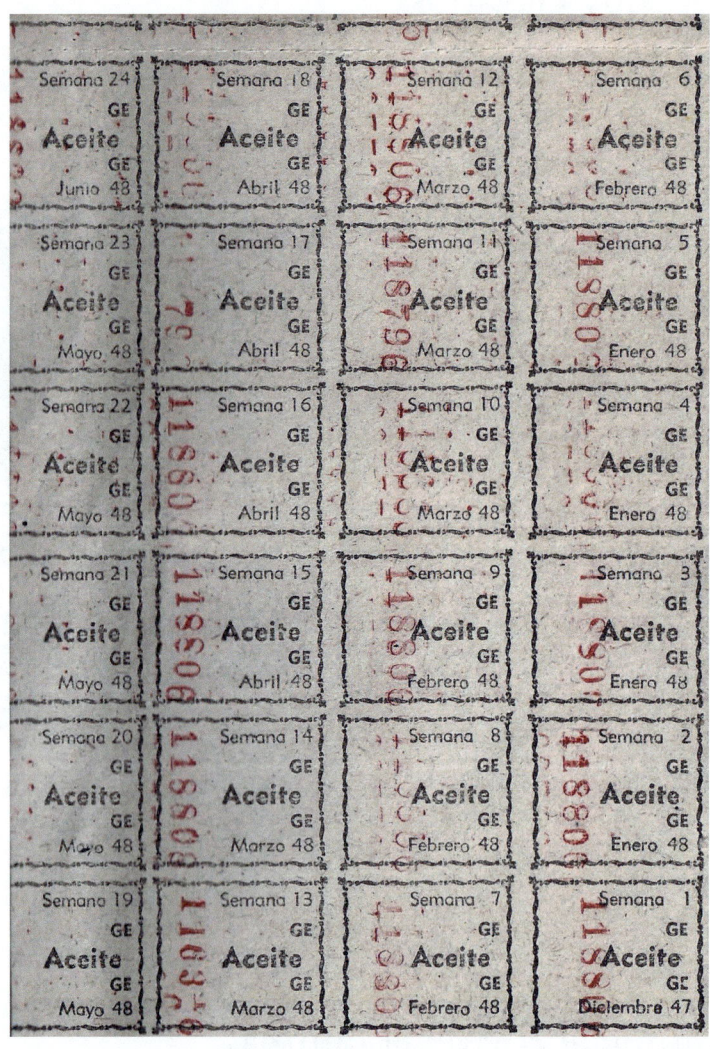

Cupones para comprar aceite del racionamiento.

Durante el trayecto en tren hacia Barcelona
la Guardia Civil podía quitar a los estraperlistas
todo lo que llevaran,
sin derecho a ninguna reclamación.

El hambre y la malnutrición
favorecían la propagación de enfermedades
como la tuberculosis.
Se extendió un tipo de tifus,
que lo transmitía un mosquito,
y que la gente lo bautizó
con el nombre de *piojo verde*.
Producía mucha fiebre y podía ser mortal.

LA MILI EN ÁFRICA Y LOS NUEVOS EXÁMENES

Acabada la guerra, muchos jóvenes
que habían hecho el servicio militar
con la República fueron obligados
a volver a hacerlo bajo el régimen de Franco.
Este fue el caso de Miquel.
Lo enviaron a Larache, al norte de África.

La dictadura no reconoció
los títulos de maestro de la República.
Miquel aprovechó un permiso por enfermedad
para ir a Lleida a matricularse
en la escuela Normal de las asignaturas de religión
que le exigían para el reconocimiento del título.

Para matricularse se necesitaban avales, es decir,
que alguien se hiciera responsable
de su comportamiento.

Soldado de Franco en África. En Lleida de permiso, 1941.

El ayuntamiento de Gerb
no le haría ningún informe favorable,
porque él había sido republicano.
Por lo tanto, Miquel no tenía a nadie
que le avalara.
Pero se pudo matricular
gracias al certificado de soldado en África
y al aval de la directora de la escuela de maestros,
que era una requeté[20] de Navarra
que lo conocía de cuando era estudiante
y pensaba que era un buen chico.

En noviembre de 1941, recibió la licencia definitiva
como soldado de Franco.
El viaje de vuelta a casa fue muy largo.
Los últimos días del trayecto no tenían comida.

Un día, a medianoche,
llegaron a la estación de Francia de Barcelona.
Tenían que buscar pensión para dormir:
¡la mili de Franco se había acabado!

---

20. Persona tradicionalista, católica y monárquica.
    Los requetés dieron soporte al golpe de estado de Franco.

MAESTRO EN BARCELONA Y EN BLANES

Al día siguiente, Miquel se fue a Capellades,
a casa de su tío Miquel.
Su tío le encontró trabajo de maestro
en un colegio del barrio antiguo de Barcelona.

Ese año Miquel pasó mucha hambre.
Hacía de maestro y cobraba un sueldo muy bajo.
La escasez de alimentos era aguda:
eran los años de las cartillas de racionamiento.
Mientras la mayoría pasaba hambre
unos pocos se hacían ricos gracias al estraperlo.

Miquel alquiló una habitación junto al colegio.
Iba a comer a una pensión situada cerca.
Pero las comidas eran escasas
y siempre se quedaba con hambre.

Mientras, iba preparando los documentos
para pedir una plaza en una escuela pública.
Lo tenía difícil porque era del bando de los perdedores
y no encontraba a nadie que quisiera avalarle.

Finalmente, el rector de Alinyà le avaló
y también lo hizo un amigo de su juventud.

Miquel quería encontrar trabajo en Barcelona,
pero no convocaron ninguna plaza de maestro.
Se enteró de que abrían convocatoria
para la provincia de Girona y se presentó.
Le dieron la plaza de Blanes.

No quería volver a Gerb
por miedo a que alguien lo denunciase
por haber sido soldado de la República.
Aquel verano volvió a Salou a hacer de payés.

El día 15 de septiembre se fue a Blanes
a ocupar su plaza de maestro
para el curso escolar 1942-1943.
Se presentó como si viniera de pasar el verano
con la familia.

Un día, paseando por Blanes, se llevó un susto.
Se encontró con unos soldados de Gerb.
La gente de Gerb no sabía dónde vivía Miquel.

Uno de los soldados lo quería denunciar por *rojo*[21],
pero los compañeros le hicieron desistir
y no pasó nada.

En el curso 1941-1942 llegó a Blanes
una maestra de Manlleu, Dolors Traveria.
En los ratos del recreo,
ella y Miquel se fueron conociendo
y entre ellos dos nació una amistad
que pronto se convirtió en noviazgo.

A principios del año 1943,
Miquel tenía 28 años y Dolors 26.
Querían casarse, pero eran muy pobres
y decidieron esperar
a tener la plaza fija de maestro.

Tuvieron que esperar tres años.
Las plazas de maestros se otorgaban
a los que demostraban su fidelidad
al nuevo régimen.

---

21. Persona a quien se atribuían ideas de izquierdas o republicanas.
    La acusación de "rojo" podía llevar a la cárcel
    y, en casos extremos, a una condena de muerte.

Después de varios fracasos,
Miquel estaba desanimado y frustrado,
pensaba que nunca llegaría a aprobar las oposiciones.
Finalmente, en el año 1945, los dos las aprobaron.

El curso 1945-1946, Miquel y Dolors
empezaron una nueva etapa siendo maestros
en pueblos de la Cerdanya y el Ripollés.

Escuela de Blanes, año 1942.

Miquel y Dolors se casaron en septiembre de 1946, en la iglesia parroquial de Manlleu.
En el año 1949 nació la primera hija
y, en 1951, la segunda.

SEGUNDA PARTE

Joaquim Vidal: pescador, emboscado y soldado de los insurrectos

1. 1918-1936. INFANCIA Y JUVENTUD

LA INFANCIA

El 25 de julio de 1918 en Salou,
un pequeño pueblo de la costa de Tarragona,
nació un niño en una familia de pescadores.
Le pusieron Joaquim en memoria del abuelo paterno,
que era pescador.

Joaquim, a quien todos acabaron llamando Quim,
era el segundo de los tres hijos
de Jaume Vidal y María Corts.

Salou en los años 20.

La familia vivía en una casita de pescadores
cerca del muelle.
Tenía una única habitación
donde dormían los padres,
separada del resto por una cortina.
La hermana pequeña, María, dormía con los padres.

Cuando se hacía de noche,
Quim y su hermano Jaume
estiraban en el suelo del comedor
un colchón lleno de paja para dormir.

Iban a buscar el agua a una fuente cercana
para beber y para cocinar.
Tenían un cubo para lavarse.
Para hacer las necesidades iban a la arena de la playa.

El agua corriente era un lujo desconocido,
que tardó mucho en llegar
al núcleo de pescadores de Salou.
La electricidad llegó antes, en el año 1923,
pero su familia siguió utilizando candiles
porque la luz era muy cara.

Delante de la casa
tenían una pequeña barca de la familia,
que el padre cogía de vez en cuando para ir a pescar.
Pero habitualmente iba a pescar con la tripulación
de una barca grande, la Catalunya,
propiedad de un primo.
Cuando no podía salir a la mar a causa del mal tiempo,
hacía de jornalero en el Mas Oliver.

Joan, primo hermano de su mujer, era el masovero[22]
del Mas Oliver y siempre le daba trabajo.
Trabajó tanto que entre lo que sacaba del mar
y los jornales de la masía
consiguió tener un huerto propio cerca de casa.
De este modo, la situación de la familia mejoró.

Jaume y Quim fueron poco a la escuela.
A veces, en Salou no había maestro
y otras veces ellos tenían que ayudar a su padre.
Los dos hermanos tenían muchas ganas
de salir a la mar.

---

22. En Cataluña, labrador que, viviendo en masía ajena,
    cultiva las tierras y debe pagar un alquiler
    o entregar al propietario una parte de la cosecha

SALOU EN LOS AÑOS 30

A principios del siglo xx,
Salou era un pequeño barrio de pescadores
que dependía de Vila-seca.
Todos se conocían.
Cuando nació Quim, Salou solo tenía una calle,
la calle Mayor, que iba de las vías hasta la playa,
a Capitanía, la oficina del capitán del puerto.
Era de tierra y sin aceras.
Cuando llovía, se convertía en un barrizal.

Torre en el Paseo de Salou, años 30.

El núcleo urbano fue creciendo
con nuevas calles que salían de la calle Mayor.

En Salou había un paseo cerca del mar
donde se fueron construyendo
las primeras torres de veraneo
con jardines llenos de palmeras.
El turismo de masas aún no existía.

Algunos tenían un piso
para alquilar a familias de Reus
que venían en verano a darse unos baños
a la playa de Salou.
Algunas casas eran propiedad de reusenses.

La Compañía Reusense de Tranvías S.A.
construyó un carrilet[23] que unía Reus con Salou
para facilitar la llegada de reusenses en verano.

Casi todos los amigos de los padres de Quim
eran familias de pescadores como la suya.

_____

23. Ferrocarril de vía estrecha.

Con la inauguración del ferrocarril
Barcelona-Vilanova, comenzaron a llegar a Salou
familias de ferroviarios.

Un día llegó un chico a la escuela y Quim le preguntó:

—¿Cómo te llamas?

—Me llamo Pedro —le contestó el chico nuevo.

—¿Y dónde vivías hasta ahora?

—Venimos de Asturias, mi padre es ferroviario,
lo han destinado aquí, hace de guardagujas[24]
en el paso a nivel —le contestó Pedro sonriendo.

Poco a poco Quim y Pedro
se fueron haciendo amigos.

En Salou también vivían familias de carabineros,
que velaban por la seguridad de la costa.

---

24. Persona que se encarga de manejar las agujas
    en los cambios de vía de las líneas del ferrocarril.

LA AVENTURA DEL FARO

Quim y Jaume habían oído hablar
de piratas y corsarios que habían destruido
y quemado la costa de Salou.

Ellos no tenían miedo
y les hubiera gustado ver un barco pirata.

—¿Por qué no vamos hasta el faro? —le dijo Jaume
a Quim.

—No nos dejan ir tan lejos —le contestó Quim,
pero con cara de pillo continuó—:
¡Pero puede que veamos piratas!

—¡Venga, vamos! —insistió Jaume.

Era la primavera de 1927,
el día era largo, y querían subir al faro
para ver todos los barcos de cercanías.

Mientras empezaban a caminar Jaume dijo:

—Qué suerte que mamá y María
hayan ido a coser a casa de unas amigas.

—Sí, así si llegamos tarde no nos descubrirán
—le respondió Quim.

—Además, hoy papá ha salido con la *Catalunya*
y llegará de noche —le dijo Jaume.

Faro de Salou en los años 20.
(Archivo Municipal de Salou)

Caminaron mucho, atravesaron dunas,
pasaron por calas y bosques de pinos.
Rodearon acantilados y cruzaron por un matorral.
Sus piernas quedaron llenas de rasguños.

Cuando estuvieron en lo alto de la montaña
donde estaba situado el faro,
el paisaje que contemplaron les pareció maravilloso:
frente a ellos, se extendía el mar inmenso,
lleno de misterios.
No vieron ningún barco pirata,
pero cuando volvían a casa
vieron cómo unos hombres
descargaban paquetes de un barco
que trasladaban a la costa con barcas pequeñas.

Escondidos dentro del bosque
observaban todo el trajín.
Estaban interesados, pero no tenían miedo.

—¡Alto! —gritó una voz muy potente.

Los hermanos se quedaron helados de miedo.
Unos carabineros les cerraban el paso.
Al ver que eran dos niños,
uno de los carabineros les preguntó:

—¿Qué hacéis aquí?

—Queríamos ver barcos piratas
y hemos ido hasta el faro —respondió Jaume.

Quim, atemorizado, temblaba como una hoja
y miraba al suelo.

—Está prohibido estar aquí, ya podéis iros a casa
y no volváis nunca más al faro
—dijo el capitán de los carabineros.

Después de una buena bronca les dejaron irse.
Los hermanos fueron corriendo hacia casa.
Sin saberlo, habían visto cómo se hacía
contrabando[25] de tabaco y no podían
explicárselo a sus padres por miedo a que los riñeran.

---

25. Entrar mercancías de manera ilegal en un país, sin pagar aranceles.

Tuvieron que esconder las piernas
para que su madre no les preguntase
dónde se habían hecho los rasguños.
Por suerte, su padre no había llegado del mar.

Quim y Jaume no se atrevieron a volver más al faro.
A partir de aquel día se conformaron con jugar
en el viejo lazareto[26] de Salou,
hasta el día en que su padre
se los llevó con él para que ayudaran en la pesca.

LA VIDA DE PESCADOR

En los años 30, antes de la Guerra Civil,
en Salou había media docena de barcas grandes
que daban faena a los pescadores del pueblo.
Se pescaba mucho pescado azul:
boquerones, caballa, sardina...
En cada barca iban de 6 a 9 pescadores,
que hacían también de marineros.

---

26. Edificio situado en un puerto o sitio fronterizo
     donde se aíslan las personas para evitar la propagación
     de enfermedades infecciosas y epidemias.

El puerto natural de Salou protegía las barcas,
que quedaban atracadas en la arena.

Cuando los pescadores tenían que salir a la mar,
las familias bajaban al muelle a preparar las redes
y las herramientas de pesca.

Cada vez que el padre salía a pescar con la *Catalunya*
sus hijos bajaban a la playa a ayudarle,
y entre todos los pescadores arrastraban la barca
hasta el mar.

Playa de Salou, años 30.

Quim y Jaume deseaban ir con él,
pero eran demasiado pequeños.

En verano, durante la temporada de la sardina,
cuando comenzaba a ponerse el sol,
los pescadores iban llegando a su embarcación.
Al atardecer se iniciaba una intensa actividad
en el muelle.
Todo Salou se acercaba a trabajar,
a mirar, a chafardear.
Era el punto de encuentro de los vecinos.

Trabajaban toda la noche, y antes de volver a casa
pasaban por el mercado del pescado de Tarragona
a vender una parte de la pesca.
Separaban una parte para venderla en Salou
y en Vila-seca.

El padre de Quim era reconocido
como buen cocinero.

Era el primero en subir a la barca,
donde esperaba la tripulación de la *Catalunya*
con un fogón de terracota encendido
y una olla donde cocinaba
una excelente caldereta de pescado
que servía de cena.

Cuando llegaban al muelle
tendían las redes para secarlas. A continuación,
un grupo de mujeres las repasaban y las zurcían.
La madre de Quim sabía zurcir redes
y María empezaba a aprender.

Otras mujeres cogían una parte del pescado
que acababa de llegar
e iban a venderlo por las masías cercanas
y por las calles de Vila-seca y Salou.

Cuando la pesca era muy abundante,
o cuando habían pescado congrios blancos,
que estaban muy valorados,
los pescadores se atrevían a vender la mercancía
más lejos: en Vilanova e, incluso, en Barcelona.

Los días que la *Catalunya* se quedaba en el puerto,
el padre de Quim cogía la barquita
y salía a pescar para la familia, o bien iba al Mas Oliver
a ayudar en las faenas del campo.
Un día, el padre le dijo a Jaume:

—¿Quieres salir conmigo a pescar con la barquita?

—¡Claro que quiero! —contestó muy contento.

Y, así, Jaume comenzó a salir con su padre a pescar.

—Ayúdame a calar la red —le decía su padre.

Y entre los dos situaban las redes en el sitio adecuado
y bien abiertas, de manera que entraran los peces.

—Ahora pondremos anzuelos para la merluza.

Y Jaume ayudaba a su padre
a poner cordeles con anzuelos,
que llevaban un plomo para hundirse
y un corcho para localizarlos en el agua.

Jaume aprendió también a poner trampas para pescar
y así se convirtió en un experto.

Cuando estaban en el muelle el padre dejaba subir
a Quim a la barquita, pero le decía:

—Eres demasiado pequeño para venir al mar,
tu madre se enfadará si te dejo subir.

LOS GRUMETES

Jaume y Quim siempre le pedían a su padre:

—¡Llévanos contigo a pescar de noche!

Pero en la barca grande solo había sitio
para un grumete[27] y estaba ocupado
por un sobrino del patrón.
Un día, el padre le pidió a Jaume
que lo acompañara a pescar de noche.

---

27. Chico joven que hace encargos dentro de una barca
    con tripulación marinera.

—Ya tienes 10 años y el grumete se ha puesto enfermo,
hoy podrás subir a la *Catalunya.*

—¡Yo también quiero ir! —protestó Quim.

Fue difícil convencer al patrón, pero le dio permiso.
A partir de aquel día,
cuando el grumete de la *Catalunya* estaba enfermo
los hermanos acompañaban al padre
a pescar de noche.

Una tarde, Quim y Jaume
ayudaron a arrastrar la *Catalunya*
desde la arena de la playa hasta dentro del agua.
No tenían mucha fuerza para hacer la sirga
y los pescadores viejos les hacían bromitas.

Hacer la sirga era estirar la barca con cuerdas
a fuerza de brazos
para arrastrarla hasta dentro del agua.
Cuando la barca volvía,
se tenía que arrastrar hasta la arena.

El patrón y los pescadores dejaban participar
a los hermanos para contentarles.
Eran casi unos críos y formaban parte
de la tripulación del barco del padre.

Cuando los pescadores lanzaban la red dentro del mar,
tenían que colocar un palo de unos tres metros
para intentar que la red estuviese abierta
y en posición de captura el máximo tiempo posible.
Ponían plomos en la parte de abajo para hundirla
y corchos en la parte de arriba para controlarla,
como hacían con la merluza.

Estas tareas no eran para ellos
y Jaume y Quim miraban embobados
los movimientos de los pescadores.

Los hermanos ayudaban en todo a la tripulación
e iban de un lado a otro de la barca
haciendo encargos.
Les reservaban las tareas de grumete.

Los marineros y pescadores les mandaban:

—¡Tráeme el cántaro!

—¡Empieza a servir la sopa!

—¡Lleva esta cuerda a proa!

Los pescadores llamaban perritos a estos críos,
que hacían las tareas más fáciles dócilmente.

Durante el primer viaje con la *Catalunya*
Jaume estuvo contento
y atento a todo lo que pasaba a su alrededor.

A Quim el movimiento de la barca no le gustó.
«Estoy mareado» pensaba,
pero no se atrevía a decírselo ni a su padre
ni a su hermano.
Le daba miedo que se rieran de él.

Quim había insistido en ir a pescar con la barca grande
y ahora una vez arriba no era bueno para hacer nada,
y no se encontraba bien. Le daba mucha vergüenza.

Se notaba mareado y no sabía qué le pasaba.
El mal de mar que cogió le acobardó
y se juró a sí mismo que de mayor
no sería marinero ni pescador.

Si la pesca era buena,
el sueldo de un pescador oscilaba
entre las 12 y las 17 pesetas[28] a la semana
y el de grumete entre las 0,25 y la peseta.
Quim no quiso cobrar nada
y el sueldo de grumete se lo quedó su hermano.
Él ya tenía decidido que de mayor no sería pescador.

EL TEMPORAL DE 1911

Quim sabía que se llamaba
igual que el abuelo pescador, Joaquim Vidal,
y sabía que había muerto
en una tormenta el año 1911.
Siempre pedía a su padre que le explicase qué pasó.

---

28. Moneda española hasta el año 2000, cuando se introdujo el euro.

Un día lluvioso que hacía mucho viento
y la *Catalunya* no se hizo a la mar,
el padre les explicó la tragedia.

—El 2 de febrero de 1911, el día de la Candelera,
soplaba un viento de levante muy fuerte,
acompañado de grandes olas
y una lluvia muy intensa.
Las barcas grandes de Salou habían salido a pescar,
entre ellas aquella en la que íbamos el abuelo y yo.

»Cada vez hacía más frío y había más mar de fondo.
Algunas barcas que se encontraban en alta mar
consiguieron ponerse a cobijo del viento,
protegidos por el golfo de Salou.
Nuestra barca no lo consiguió.
Estuvimos en mar abierto
luchando contra la fuerza del viento y del agua.

—¡Continúa, padre, queremos saber toda la historia!
—protestaban los hermanos
si el padre se paraba un segundo.

—Después de muchas horas
de luchar contra la tormenta, la barca consiguió
dirigirse hacia el puerto de Tarragona,
pero chocó contra unas rocas.

»¡Auxilio, auxilio! —gritábamos—,
y desde tierra intentaron auxiliarnos.
El sitio era muy rocoso y era arriesgado acercarse
a causa del fuerte oleaje.

—¿Qué le pasó al abuelo? —preguntaban
los hermanos.

—Se agarró a una roca, pero una ola gigante
lo arrastró mar adentro y, como no sabía nadar,
murió ahogado.

El padre se tapó la cara con las manos
y le cayó una lágrima. Era doloroso recordar.

—De los 10 tripulantes solo 5 nos salvamos
—continuó el padre—. Éramos los más jóvenes
y sabíamos nadar. Yo entonces tenía 23 años.
Mi padre era un hombre fuerte de 47 años,
pero no sabía nadar y despareció en el mar.

—¿Pero no os tiraron cuerdas desde tierra
para salvaros? —preguntaban los hermanos.

—¡Claro que sí! Desde tierra nos ayudaron mucho,
pero la tormenta era muy fuerte
y las olas muy grandes —les dijo el padre.

Este temporal de mar de 1911 duró 3 días
y afectó a toda la costa mediterránea.

Muchas barcas desaparecieron sin dejar rastro.
Algunos náufragos fueron recogidos,
días después y muy lejos de su lugar de origen,
por embarcaciones que habían resistido el temporal.

El temporal de la Candelera de 1911.
Imágenes de la *Il·lustració Catalana*.

Se calcula que la tormenta provocó
más de 140 muertos, entre marineros y pescadores.
Esta tragedia marcó la vida
de los pescadores de Salou.
Pero Jaume Vidal, como muchos otros,
no quiso renunciar a su pasión: el mar.
Y siguió saliendo a pescar.

Cuando su padre murió,
hacía dos años que Jaume festejaba con María Corts.
Estaba previsto que se casaran
en la primavera de 1911,
pero la tragedia hizo posponer la boda
hasta la primavera de 1912.

LOS TRABAJOS DEL CAMPO EN VILAFORTUNY

En los años 30 del siglo xx,
alrededor del Castillo de Vilafortuny,
situado en Cambrils, tocando a Salou,
había masías diseminadas aquí y allá.

La mayor parte de las masías y las tierras
pertenecían a terratenientes que no vivían allí
y que las habían alquilado a masoveros
vecinos de los pueblos de alrededor.

El primo de la madre de Quim, Joan Salvador Corts,
era masovero del Mas Oliver,
situado cerca del Castillo de Vilafortuny.

Castillo de Vilafortuny.

A menudo, en las masías había un mozo
para ayudar en los trabajos del campo.
Pero, en momentos de mucho trabajo,
tenían que contratar jornaleros[29].
Jaume, el padre de Quim, siempre que podía
trabajaba a jornal en el Mas Oliver
y se lo combinaba con las salidas al mar.

Un día el padre le dijo a Quim:

—Mañana me acompañarás a trabajar al Mas Oliver.

—Me gustaría mucho, padre —le contestó.

A Quim no le gustaba ir al mar,
se mareaba, y estaba muy contento
de poder acompañar a su padre al campo.

—Nos tendremos que levantar muy temprano
y tu madre nos preparará un buen desayuno
—dijo el padre.

---

29. Persona que trabaja y cobra por un día de trabajo.
    El dinero que recibe, se llama jornal.

Se levantaron con la salida del sol
y caminaron una media hora hasta la masía.
Por el camino, Quim disfrutaba observando el paisaje.

—Fíjate, padre, cuántos árboles y cuánta vegetación
hay en la montaña alrededor del castillo —le decía—.
Hay de todo: plataneros, almezos, moreras,
y bajando hacia la playa álamos y adelfas.

El padre escuchaba orgulloso a su hijo pequeño,
decididamente era un payés y no un hombre de mar.

A ras de mar había una extensa pineda.
A Quim le gustaba ir a buscar piñones.
De vez en cuando venían unos hombres forasteros
a recoger los piñones para venderlos en Barcelona.

En la zona del Mas Oliver había cultivos de secano
como viñas y cereales, cercados habitualmente
por hileras de oliveros y algarrobos,
con campos enteros de almendros y avellaneros.
Pero también había cultivos de regadío,
entre los que predominaban las judías y los melones.

Quim iba con su padre al Mas Oliver
en cualquier época del año
para ayudar en todo lo que hiciera falta,
ya fuera labrar, sembrar, segar el maíz,
podar las cepas, recoger olivas o recoger uvas.

LA GRAMOLA DE CAL SISQUET: EL PRIMER AMOR

Era el verano de 1936, Quim estaba a punto
de cumplir 18 años. La juventud del pueblo organizó
un baile en el café de *Cal* Sisquet,
donde estaba la única gramola de Salou.

Prepararon el baile para el 25 de julio.
Quim estaba inquieto
porque quería bailar con una chica muy guapa
de Riudoms, que se llamaba Rosa,
y no sabía si los padres de la chica
la dejarían ir al baile.

Los primeros veraneantes de Salou venían de Reus
y de Riudoms, en tartana o en ferrocarril.

Algunos veranos alquilaban una orquesta
y organizaban bailes en la pineda de Vilafortuny.
A veces, los chicos del pueblo se acercaban,
pero preferían ir a bailar a *Cal* Sisquet.

Pero aquel verano las cosas fueron diferentes.
Una semana antes del baile se produjo
el golpe de estado del general Franco.

La gente se preguntaba:

—¿Qué pasará si triunfa el golpe de estado?

—¿Cómo nos afectará?
Nadie sabía lo que podía pasar.

Jaume y Quim intentaron
que el baile de *Cal* Sisquet se llevase a cabo.

—Tenemos que actuar con normalidad
y hacer de tripas corazón —les dijo el padre.

Y la familia seguía con las rutinas del día a día,
pero la gente tenía miedo.

—Vamos a *Cal* Sisquet, a escuchar la radio
—dijeron los hermanos a la madre.

—¡No vayáis, que pueden pasar desgracias!
—les contestó.

—Queremos estar al día de lo que pasa

Y Jaume y Quim se fueron, corriendo.

El baile se hizo, pero la familia de Rosa
decidió no ir de veraneo,
y Rosa no se presentó al baile.

Había empezado una larga guerra de tres años
y nadie era consciente aún.

2. 1936-1939. LA GUERRA CIVIL

LA GUERRA EMPIEZA

Los días que siguieron al golpe de estado
fueron de mucha desorientación.
La madre intentó que no salieran de casa,
tenía miedo y no quería que les pasara nada.

Un día que el padre salió solo con la barca,
los hermanos volvieron a escuchar la radio
en *Cal* Sisquet.

Las noticias no eran buenas:

—El ejército fascista domina bastante territorio
—les dijo Pedro.

—Pero los republicanos han triunfado
en las grandes ciudades.
Barcelona y Madrid están del lado de la República
—añadió Sisquet.

—¿Y qué nos pasará a nosotros?
—preguntaba Jaume.

—Dicen que se está organizando
un comité antifascista en el pueblo —afirmó un
hombre mayor.

—¿Ya sabéis que cerca de la Reixa de Torrell,
en Vila-seca, han asesinado a unos hombres?
—comentó Siquet.

Llegaban noticias de la quema de iglesias
y de asesinatos arbitrarios.

El miedo se apoderó de las familias acomodadas,
propietarias de las primeras torres del paseo.
Por mar, por carretera o en tren,
abandonaron precipitadamente Salou.
Las torres vacías sirvieron para acoger
a los primeros refugiados
que llegaron huyendo de los frentes de guerra.

La defensa de la Segunda República
se empezó a organizar.
Por la radio pedían voluntarios
para ir al frente de Aragón.
En Salou veían pasar por la carretera
a hombres armados montados en los camiones
y con muchas banderas.
Los trenes circulaban llenos de milicianos
que iban a conquistar Zaragoza,
que había caído en manos de los fascistas.

Tren de soldados que van hacia el frente.

Los primeros meses de guerra,
la República fue defendida por milicianos voluntarios,
porque no contaba con un ejército profesional.
Más adelante, se organizó el ejército regular.

Jaume, que era de la quinta[30] del 1936,
tenía pensado ir a la mili
y cuando pidieron voluntarios para ir al frente
enseguida se ofreció.
Cuando la República organizó el ejército regular,
su leva fue la primera en ser reclutada.
Pero él ya se había ido al frente.

Aquel invierno fue muy duro y muy triste
para la familia.
Jaume se fue a principios de agosto
y pocos días después el padre enfermó.
Sufrió una embolia muy aguda
que no pudo superar.

---

30. Sinónimo de leva. Conjunto de chicos nacidos en el mismo año
   y llamados a filas para el ejército a los 21 años.

No tenían noticias de Jaume, que aquellos días,
después de una pequeña formación militar,
estaba cavando trincheras cerca de Huesca.

—Enviémosle una carta —propuso la madre.

—Sí, le escribiré —le dijo Quim—
y le diré que vuelva,
que padre ha muerto y necesitamos su compañía.

Cartel del ejército regular.

Enviaron la carta al frente,
pero nadie sabe si la recibió.

Quim, su madre y su hermana pequeña María
estaban abatidos por el dolor de la muerte del padre,
y deseaban la compañía del hermano mayor
para superar aquella tristeza tan profunda.

Joan del Mas Oliver le dijo a Quim
que tenía trabajo.

—Madre, hoy iré a jornal a la masía —dijo Quim.

—Sí, hijo mío, ve, así podremos llenar el plato
—le contestó.

Quim no se atrevía a salir a pescar solo,
pero la familia tenía que comer.
Así pasaron las primeras semanas de guerra,
con el padre muerto y sin Jaume.

A finales de septiembre,
llegó otra noticia triste para la familia:
Jaume acababa de morir en el frente, cerca de Huesca.

El abatimiento y el dolor de la madre eran tan intensos
que Quim no sabía cómo consolarla.
María era dulce y hacía mucha compañía a su madre,
pero aún era una niña de 12 años.

De repente, Quim se había convertido
en el hombre de la casa.
Él tenía que preocuparse de llevar comida a casa.
Hacer de mozo en el Mas Oliver fue de gran ayuda.

Quería que su madre olvidase las penas,
pero no sabía cómo hacerlo.
Y, en aquellos momentos, su madre le hizo prometer
que no iría nunca a la guerra como su hermano.
La madre, llorando, decía que no podría resistir
otra muerte en la familia.

En *Cal* Sisquet, además de escuchar
las noticias de la radio, de vez en cuando
ponían la gramola con música de baile.
El recuerdo de aquella música,
cuando al principio de verano
quería bailar con Rosa, se fue alejando de su vida.

Dedicaba todas sus fuerzas
a trabajar en el Mas Oliver
y a hacer compañía a su madre y a su hermana.

LA VIDA EN LA RETAGUARDIA

El año 1937 comenzaron los bombardeos
contra la población civil,
que más tarde fueron muy frecuentes
en la costa de Tarragona.

Las consecuencias de la guerra en la retaguardia
eran cada vez más dramáticas.
En Salou, la llegada de refugiados agravaba el hambre
y la escasez de alimentos. Apenas había nada.

La familia de Quim pasó hambre.
Todo se había encarecido mucho
y solo se podía obtener comida
si se tenía algún producto para intercambiar.

Aparecieron la malnutrición
y las enfermedades infecciosas.

El ferrocarril Salou-Reus fue colectivizado, es decir,
los trabajadores se responsabilizaron de su gestión.
Era lo mismo que les pasó
a muchas empresas y servicios.
En algún caso, obligando a los propietarios
a que cedieran la explotación a los trabajadores.
Los propietarios, por miedo, se habían ido.

Ferrocarril de Salou a Reus, años 30.

Al ser colectivizado un servicio o una empresa,
era posible obtener combustible
casi a precio de coste.
La Junta Obrera de la zona subministraba carbón
para el ferrocarril que llegaba desde Barcelona.

El comité obrero puso nuevos raíles
y mejoró el carruaje.
No se destruyó ningún bien material
ni se hizo daño a ninguna persona,
los cambios fueron pacíficos.
Solo se interrumpió el servicio
durante los bombardeos.

Cuando en el cielo se veían los aviones
de los fascistas italianos que venían de Mallorca,
el conductor paraba el ferrocarril
y los pasajeros bajaban corriendo
para esconderse en los campos,
bajo los olivos y los algarrobos.

Los pasajeros no sufrieron ningún daño.
El ferrocarril no era el objetivo
de los bombarderos fascistas:
volaban sobre Salou para ir a atacar
la industria de guerra
y el campo de aviación de Reus.

LA GUERRA SE ALARGA

Pasaban los meses y la guerra continuaba.
La madre de Quim temía que reclutaran a su hijo
para enviarlo al frente.

Como la guerra se alargaba
la República organizó el Ejército Popular.

La ayuda de Hitler y Mussolini a los insurrectos
les dio superioridad militar,
reforzada por la férrea disciplina del bando fascista.
Los gobiernos democráticos europeos
no quisieron implicarse en la guerra de España
y no ayudaron a la República.

En cambio, esta recibió la solidaridad
de voluntarios extranjeros,
sobre todo, a través de las Brigadas Internacionales,
que simbolizaban la lucha por la democracia
y en contra del fascismo internacional.

Desde el punto de vista militar, esta ayuda generosa
era muy inferior a la que recibieron los insurrectos.
Rusia ayudó a la República enviándole armas,
pero obsoletas y poco eficientes.

En este contexto, Salou y los pueblos vecinos
movilizaron a los hombres hábiles de la retaguardia
para construir defensas militares en la costa,
especialmente búnkeres y nidos de ametralladoras.
Así evitaron que el enemigo
desembarcara en sus playas.
Quim fue a construir defensas militares
los días que el ayuntamiento se lo mandaba.

La reorganización del ejército republicano
sembró inquietud entre los jóvenes
que aún estaban en Salou.

AJUNTAMENT
de
CAMBRILS
———

Núm. ....

FAIG AVINENT :

Que demà dimars, han de presenta-se
als treballsde Fortificacions, tots els
ciutadans que tenen del nº. 1 al 50, ad-
vertint que els números 25 mes baixos
han d'anar a la Torre de la Bargallona
i els altres 25 al xalet del Bau.

Els dies successius hauran de compa-
reixer-hi els que toqui a raó de 50 per
dia i als mateixos llocs.

Cambrils, 22 de març del 1937.

L'ALCALDE,

Llamamiento del ayuntamiento de Cambrils
ordenando a los hombres de la retaguardia a colaborar
en las fortificaciones, marzo de 1937.
(Archivo Municipal de Cambrils)

En marzo de 1937 fueron llamadas
las quintas del 34 y del 35.

—¿Llamarán a más quintas?
—se preguntaba Quim—.
¿Llamarán a mi quinta, la del 39?

Su temor se convirtió en realidad:
las quintas del 38 y del 39[31] fueron llamadas.

—¡No puedes ir al frente, Quim!
—suplicaba su madre mientras lloraba—.
No te puedes ir a la guerra y dejarnos solas.

El llanto de su madre le rompía el corazón,
pero le habían reclutado y tenía que irse al frente
o convertirse en desertor.

—¿Qué debería hacer?
—reflexionaba con desazón Quim.

---

31. Incluso, el año 1938 fueron reclutadas las quintas del 40 y del 41,
algunos chicos se fueron al frente con 16 años:
eran la "quinta del biberón", llamada así por su juventud.

Durante la guerra, las Brigadas Internacionales
ocuparon el castillo de Vilafortuny.

El año 1938, aumentó la presencia
de tropas republicanas.
Se estaba preparando la contraofensiva republicana
de la Batalla del Ebro[32].

Meses antes de la batalla del Ebro
las primeras torres de veraneantes de Salou
fueron ocupadas por el estado mayor
del ejército republicano.
En la playa dormían al raso numerosos soldados.

El ejército republicano requisó las pequeñas barcas
de los pescadores de Salou,
que los soldados utilizaron
para cruzar el río Ebro en julio de 1938.

---

32. Última ofensiva republicana para intentar ganar la guerra
    (julio-noviembre de 1938). La derrota republicana en la batalla
    del Ebro significó dejar paso a la ofensiva franquista
    sobre Catalunya y que la República perdiera la guerra.

Quim ya no vivió estos últimos hechos
de la vida en la retaguardia.
Para no hacer sufrir a su madre,
antes del verano de 1937 decidió desertar.

QUIM DESERTOR

Quim estaba desorientado y confundido.
Él creía en la República
y el recuerdo de su hermano lo animaba a luchar
por la democracia y por la libertad.
Pero también quería a su madre y a su hermanita,
y no tenía ganas de morir en la guerra,
tenía ganas de vivir.
Se sentía republicano, pero se había convertido
en el único hombre de la casa. ¿Qué podía hacer?

Habló con Joan, del Mas Oliver.

—Ven a la masía y escóndete en el establo unos días.
Mientras, veremos cómo evoluciona la situación.
—le aconsejó Joan.

Cuando Quim le dijo a la madre
que se iba al Mas Oliver a esconderse,
la mujer respiró aliviada.
Los chicos de su quinta se preparaban
para ir al frente.

Un día, volviendo del pueblo,
Joan escuchó a unos hombres que comentaban:

—Han detenido a un desertor de Vila-seca
y dicen que quizás lo fusilen.

Joan se asustó, no contaba con que persiguieran
a los desertores y tuvo miedo
de que descubrieran a Quim.

Joan se puso en contacto con un tío de Quim
que vivía en Sant Feliu de Guíxols
haciendo de maestro de calafate,
construyendo y reparando barcos,
y le pidió que lo acogiera en su casa.

El día antes del reclutamiento de la quinta del 39,
Quim se fue de noche andando entre los campos
en dirección a Vilanova i la Geltrú,
donde cogieron el tren hasta Barcelona.

En Barcelona durmió dos noches al raso
hasta que un amigo de su tío los pasó a recoger
en la estación de Francia.
El tío había dicho a Joan del Mas Oliver
que necesitaba a su sobrino para ir a pescar
y enseñarle el oficio de maestro de calafate.

ESCONDIDO EN SANT FELIU DE GUÍXOLS

En Sant Feliu de Guíxols,
Quim pronto se dio cuenta
de que no podía quedarse muchos días.
El 14 de agosto, el día antes de su llegada,
la ciudad había sido duramente bombardeada.

La casa de su tío era muy pequeña
y no podía servir de escondite.
Además, le daba miedo que la presencia
de un hombre joven levantase sospechas.

Sant Feliu de Guíxols era un pueblo grande
y más bonito que el pequeño núcleo
de pescadores de Salou.
Durante el primer paseo que hizo por el centro,
Quim vio pintadas en las paredes
denunciando las casas de los desertores.

Sant Feliu de Guíxols: «Aquí un desertor».
Casa marcada porque se suponía que había un desertor.
(Archivo Municipal de Sant Feliu de Guíxols)

El joven se asustó.

No quería que su tío corriera ningún peligro.

La solución de esconderse en casa del tío
era insegura.

Si quería sobrevivir, tenía que buscar otra salida.

Esa noche su tío le dijo:

—¿Sabes que hay chicos que para no ir a la guerra
se esconden en el bosque?

—Lo he oído, pero no sabría cómo hacerlo
—le contestó Quim.

—No temas, conozco a unos chicos del pueblo
que se están organizando para emboscarse
—le explicó el tío—. Está el hijo de un amigo mío
y tú te podrías añadir.

—Sería una suerte que me aceptasen
—contestó Quim.

El tío era amigo de un pastelero que tenía un hijo
de la quinta del 39, también escondido.
Él y dos compañeros preparaban
la huida a los bosques de Mieres, en la Garrotxa,
que eran un escondite seguro.

Con ellos también iba el hijo
de un maestro de calafate amigo del tío.
Era de la quinta del 40,
pero por prevención y por si llamaban a más jóvenes
también quería esconderse.

Así fue como Quim se enroló con un grupo
de desertores que, desde Sant Feliu de Guíxols,
se fueron a finales de agosto de 1937
a esconderse en los bosques de la Garrotxa.

EMBOSCADO EN MIERES

Quim y el grupo de desertores fugitivos,
andaban de noche y se escondían de día.

Así es como llegaron a una masía cerca de Mieres,
pequeño pueblo de la comarca de la Garrotxa,
donde les facilitaron escondite y comida.
Muchas familias de Mieres
eran conocidas como carlistas[33].

La presencia de carlistas y la abundancia de bosques
les daba seguridad.

Entre los emboscados había campesinos de la zona
que no se habían presentado a quintas.
Eran jóvenes y hombres del campo
que no querían participar
en una guerra que no entendían.
Se sentían responsables de su familia
y no la querían abandonar.
Ir al frente podría significar morir.
Por eso algunos optaron por esconderse en el bosque
hasta que se acabara la guerra.

33. Movimiento sociopolítico tradicionalista, monárquico y católico
    que se opuso a la Segunda República y apoyó al bando franquista.
    Protegían a los desertores y les vendían o daban de comer
    para que pudieran vivir escondidos en el bosque.

Quim se identificaba con ellos y estaba a gusto.
Él también se había emboscado
porque quería vivir para proteger a su familia.

El bosque no tenía secretos para ellos.
Lo conocían por las actividades que hacían en él:
buscar leña, hacer carbón, cazar, buscar setas...

Estos campesinos de la zona de la Garrotxa
daban seguridad a los otros emboscados:
les hacían de guías en el bosque y les garantizaban
la confianza de la gente de las masías.
Gracias a ellos, cuando hubo alguna denuncia,
Quim y sus compañeros tuvieron tiempo de escapar
y buscar refugio en otro sitio.

Su tío le había dado todos sus ahorros
para que pudiese sobrevivir.
Las masías les daban comida
a cambio de una cuota semanal.
Aun así, los emboscados ponían trampas
para los conejos y recogían los frutos del bosque.
Era costoso pagar el mantenimiento semanal.

Para bajar a buscar comida a las masías
tenían que tomar muchas precauciones.
Los guardias republicanos tenían información
sobre la gran cantidad de emboscados
que estaban en los bosques
de los alrededores de Mieres
y hacían batidas para descubrirlos.

Los emboscados tenían sistemas sencillos
para avisarse del peligro cuando se acercaban
los guardias republicanos o carabineros.
A veces, con silbatos de pastor
o poniendo trapos de colores
en las ventanas de las masías amigas.
El aviso también podía llegar a través de algún mozo.

Varias veces estuvieron a punto de ser descubiertos,
pero el grupo de Quim consiguió salvarse.

Cuando la presión de la guardia republicana
aumentaba y se sentían perseguidos
cambiaban de refugio.
Los refugios eran barracas excavadas bajo tierra.

Aprovechaban los desniveles de las montañas
para hacer la entrada, que tapaban y disimulaban
con ramas y zarzas.

Refugio de emboscado.

Muchos de los chicos emboscados
eran hijos de familias acomodadas
de fuertes convicciones religiosas, de tradición carlista,
y hacían misas clandestinas en las masías.

Una vez, después de oír misa
y tomar muchas precauciones, los emboscados
se encerraron en una habitación sin ventanas
para escuchar las noticias
de Radio Castilla de Burgos.

Estos hechos hacían sentir incómodo a Quim.
Él se sentía republicano.
Pero era consciente de que no podía compartir
ese sentimiento con sus compañeros.
Tenía miedo de decírselo
y que lo consideraran un traidor.

Desde septiembre de 1937 hasta enero de 1938
Quim estuvo emboscado en Mieres.
Ocupaba el tiempo del día a día jugando a cartas,
hablando, tomando el sol y cazando con trampas.
Siempre tenían que estar alerta,
y, a pesar de todo, el paso de los días era monótono.

A finales del año 1937, el hijo del pastelero
de Sant Feliu de Guíxols les explicó:

—Estoy preparando un grupo para pasar la frontera.
Unos cuantos estamos hartos de estar emboscados
y la zona de Mieres se está volviendo peligrosa.

—¿Os puedo acompañar a Francia?
—preguntó Quim.

—Creo que sí. Nadie pondrá ningún problema
—le contestó su compañero.

Así, cambió el peligro de vivir emboscado en Mieres
por el de ser un desertor fugitivo
que se escapaba a Francia.

El día convenido, llegaron de noche
a un cruce de caminos donde les esperaba el guía
que los tenía que hacer cruzar los Pirineos.

Cerca de Maçanet de Cabrenys
la expedición se amplió
y se formó un grupo de más de 20 personas.
El peligro era constante.

Después de muchas penalidades e incidentes,
10 días después de huir de los bosques de Mieres
llegaron al otro lado de la frontera.
Quim empezaba una nueva etapa de su vida.

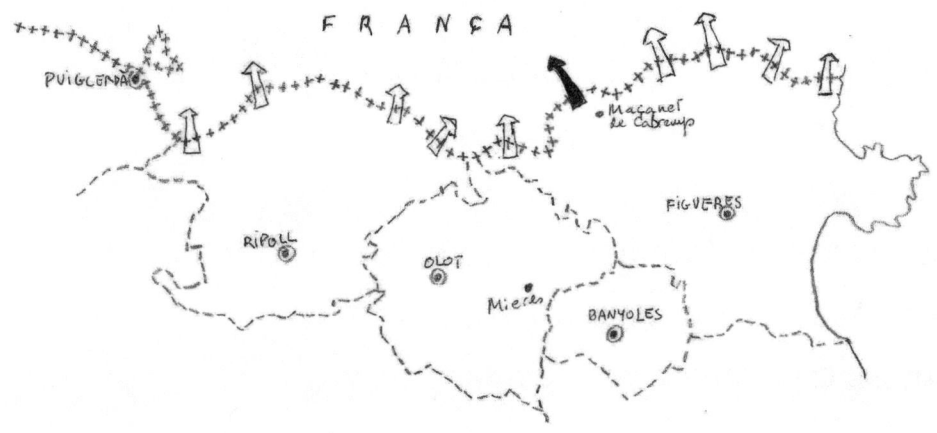

Mapa con pasos de frontera del Pirineo.
El negro es el de Maçanet de Cabrenys que utilizó
el grupo de Quim.

LA ESTANCIA EN FRANCIA

La intención de Quim era quedarse en Francia
hasta que acabase la guerra.

Al día siguiente de llegar a Francia
el grupo de fugitivos fue descubierto
por agentes franquistas, que querían obligarlos
a enrolarse en el ejército de Franco.

Quim no estaba de acuerdo.
Pero la presión del grupo
y el miedo de que sus compañeros
lo considerasen un traidor era muy grande.

Al llegar a Francia, un chico del grupo se escapó
y Quim observó el trato humillante que recibió.
Además, estuvo a punto de perder la vida
perseguido por agentes franquistas
de la quinta columna[34].

De nuevo, el miedo era su compañero más fiel.
Después de vivir unos días refugiados
en un pajar de una casa de campo francesa
los amigos de Sant Feliu de Guíxols hablaron con él.

---

34. Espías a favor de Franco, muchos de ellos falangistas,
    que se infiltraban entre los refugiados españoles en Francia.

—Quim, nosotros nos vamos al País Vasco
y nos incorporaremos al ejército franquista.
¿Qué quieres hacer?

Quim estaba agradecido
a aquellos compañeros de bosque
que se habían portado muy bien con él,
pero no tenía ganas de formar parte
del ejército franquista.
Aunque, finalmente, y a su pesar, los siguió.

Él pensaba: «si me quedo solo en Francia
no lo conseguiré, no conozco a nadie
y no sé hablar francés.
Y he prometido a mi madre que volveré,
y puede que este sea el camino».

Durante la estancia en Francia, Quim descubrió
que había pasado la frontera
a través de una red de evasión
organizada por grupos carlistas y por fascistas.
Y que había podido vivir emboscado en Mieres
gracias a la protección de familias carlistas.

Él solo quería salvar su vida, no quería morir,
y ahora no podía echarse para atrás.
Tenía que seguir con sus compañeros.

Además, los gendarmes franceses
les pidieron la documentación
y al comprobar que eran españoles les advirtieron:

—Aquí no os queremos, tenéis que volver a España,
o bien a la zona republicana o bien a la franquista.
Si os volvemos a encontrar, os encarcelaremos
y os devolveremos a España.

Quim no dudó más, sabía que los desertores
recibían castigos muy severos.
Tenía que irse con sus compañeros.
No se podía quedar en Francia.

Así fue como Quim atravesó el puente
sobre el Bidasoa, que une Hendaya,
en la zona francesa, con Irún, en la zona española,
y llegó a San Sebastián.

En enero de 1938, en San Sebastián,
Quim entró en las unidades del ejército franquista
que preparaban la ofensiva
para conquistar Catalunya.
No quería hacer la guerra y se había convertido,
sin quererlo, en soldado franquista.

80 HENDAYE – Le Pont International sur la Bidassoa. – LL.

Puente de Hendaya-Irún sobre el Bidasoa,
por donde Quim entró de nuevo a España.

LA OCUPACIÓN DE CATALUNYA: LA CABEZA DE PUENTE DE BALAGUER

El 7 de marzo de 1938, el ejército franquista
ocupaba la primera población catalana.

A principios de abril, Quim entraba en Lleida
con las fuerzas de ocupación franquistas.
Aquellos días, la Legión Cóndor, la aviación alemana,
estaba bombardeando Balaguer.
El 6 de abril, las tropas republicanas
comenzaban la retirada y Balaguer se convertía
en primera línea de frente.

El río Segre desbordado: en su paso por Balaguer,
los franquistas abrieron las compuertas
del embalse de Camarasa.

El avance no se detenía.
La División 54 de las fuerzas franquistas
cruzó el río Segre y estableció
la cabeza de puente de Balaguer en la orilla izquierda.

Quim era uno de los soldados franquistas
que pasó el río y le encargaron defender
la cabeza de puente de Balaguer.

La primera noche la pasó al raso y cogido al fusil.
Toda la noche se oía artillería
que iba de un lado al otro del río.

En la madrugada del día siguiente,
Quim resultó herido en una pierna.
Lo retiraron del frente y lo enviaron a una masía
que hacía de hospital de campaña.

EL HOSPITAL DE CAMPAÑA: A LA RECÍPROCA

La masía era la de las Clotas, en Gerb,
la casa de payés de los padres de Miquel.

Allí lo cuidó Encarnació, la madre de Miquel,
que cada día iba a la masía
a dar de comer a los animales.

Ella le hacía beber leche, le daba huevos a escondidas
y le lavaba la ropa.
Así Quim se sintió protegido y cuidado
y se curó pronto de la herida.

La masía de las Clotas, de los padres de Miquel.

Quim acordó con Encarnació que irían a la recíproca.
Pudo hacer llegar una carta a su madre
a través de la Cruz Roja Internacional
donde le explicaba la experiencia.

Así su madre y su hermana
supieron que Quim estaba vivo
y que lo habían cuidado en la masía de las Clotas.
Las familias se pusieron en contacto
y pactaron a la recíproca, es decir,
que se ayudarían los unos a los otros
en caso de necesitarlo.

LA MUERTE DE QUIM

Después de conquistar Balaguer
y asegurar la cabeza de puente, el ejército franquista
estabilizó una línea de frente en el Segre.
En vez de avanzar hacia Barcelona
Franco optó por avanzar en dirección a Morella.

Pocos días después,
los franquistas llegaban al Mediterráneo por Vinaroz.
Catalunya quedaba aislada del territorio republicano.
Cuando Quim se recuperó de la herida,
lo volvieron a enviar al frente.

Pasados unos días, el 22 de mayo,
Quim moría en la defensa de la cabeza de puente
de Balaguer, en la batalla del Merengue.

El puente de San Miguel en Balaguer,
destruido por los republicanos para frenar
el avance franquista.

A partir de julio de 1938,
la contraofensiva republicana
para defender a Catalunya
se concentró en la batalla del Ebro,
pero no sirvió para detener a los franquistas.

En esta batalla murieron
muchos soldados republicanos.
Algunos soldados perdieron la vida con solo 16 años.

Quim no pudo volver a ver a su madre
ni a su hermana.
Ellas no se enteraron de su muerte
hasta el final de la guerra.

Durante unos meses pensaron que estaba vivo
y guardaron como un tesoro la carta
que les escribió a mediados de abril de 1938
y que recibieron a finales de junio de 1938,
cuando ya había muerto.

De nada le sirvió a Quim
esconderse en el Mas Oliver, hacerse desertor,
ir a Sant Feliu de Guíxols,
emboscarse en los bosques de Mieres, huir a Francia
y entrar en Catalunya con el ejército franquista.
La crueldad de la guerra se llevó la vida de Quim.

AGRADECIMIENTOS Y FUENTES

El testimonio de Miquel
es un trocito de la vida de mi padre.
Su recuerdo de persona sencilla y honesta
siempre me acompañará.

Miquel era ordenado y guardó documentación.
Este hecho me ayudó a contrastar la memoria oral
con la veracidad del relato.

El libro explica el hecho real del pacto de ayuda
a la recíproca entre dos familias
durante la Guerra Civil.
He reconstruido de manera novelada
la vida de Joaquim Vidal —nombre inventado—.

Para el contexto histórico y el itinerario vital
de Joaquim, he utilizado el boletín
del archivo de Cambrils, memorias de emboscados,
artículos de la *Revista de Girona*,
el libro de Ángel Jiménez sobre la Guerra Civil
en Sant Feliu de Guíxols y bibliografía general.

Estoy en deuda con la editora Núria Casals
que, con su ilusión,
me animó a escribir el pacto a la recíproca.

Y quiero agradecer a la Asociación Lectura Fácil
la oportunidad que me ha dado
y el esfuerzo que dedica a publicar libros
que ayudan a divulgar conocimientos
de historia contemporánea.

Gracias por el buen trabajo que hacéis.

Y TÚ, ¿QUÉ OPINAS?

Miquel y Quim cuando eran niños no iban
a la escuela cada día porque tenían que trabajar
para la familia: pacer a los animales,
cuidar del huerto,
hacer de payés en la masía, salir con la barca...
Actualmente, la ley protege a los niños
y solo pueden trabajar si han cumplido los 16 años.

- ¿Sabes si el trabajo infantil aún existe?
  Si piensas que sí, busca en qué países del planeta
  aún se practica.
- Que los niños trabajen hace que nosotros
  podamos comprar productos más baratos
  en los centros comerciales. ¿Lo encuentras justo?
- En algunos países los niños van a la escuela,
  pero las niñas se quedan a hacer las tareas
  de la casa. ¿Te parece correcto?

Miquel y Quim vivieron la llegada de la electricidad
a sus pueblos. Desde entonces,
los numerosos cambios técnicos
que han ido sucediendo han hecho que la vida
de las personas sea muy confortable.

- ¿Cómo y dónde dormían Miquel y Quim
  cuando eran pequeños? ¿Aún hay personas
  que duermen como ellos? ¿Dónde?
- Recuerda cómo se lavaban
  y hacían sus necesidades.
  ¿Existen casas sin agua corriente?
  ¿En qué países las situarías?
- ¿Cómo se iluminaban?
  ¿Te parece que aún hay zonas
  donde no llega la luz eléctrica?
  ¿Dónde están situadas?
  ¿Por qué se dan estas situaciones?

También han cambiado las tradiciones
y la convivencia. Antes, la familia patriarcal
traspasaba todo el patrimonio al heredero
(el primer hijo varón o, si no había hijos,
a la hija mayor), el festejo se hacía
con el permiso del padre...
Cuando empieza la guerra, la madre de Miquel
le dice al hijo mayor que tiene que cuidar
de la cosecha y envía a Miquel
a sustituir a su hermano en el comité del pueblo.

- ¿Te parece que ahora la autoridad de los padres
  es tan grande?
- Cuando Quim pasa a ser el hombre de la casa,
  porque se han muerto el padre
  y el hermano mayor, se siente responsable
  de la madre y la hermana
  y, a pesar de ser muy joven,
  toma decisiones para protegerlas.
  ¿Este sentimiento patriarcal
  aún está vivo hoy en día?

Las guerras, que declaran los militares,
afectan a la vida de las personas sencillas
que mueren en los campos de batalla.
La Guerra Civil española (1936-1939),
la provocó un golpe de estado fascista.

- ¿Qué valores defiende el fascismo?
- ¿Por qué se opuso a la Segunda República?
- ¿Quiénes fueron los aliados del bando fascista
  o nacionales?
- ¿Quién apoyó y defendió la Segunda República?
- ¿Cómo se manifiestan actualmente los grupos
  de ideología fascista? ¿Qué eslóganes tienen?
  ¿Qué valores defienden?
- ¿Cómo tenemos que actuar para consolidar
  los valores de la paz y la democracia?

El pacifismo es un rechazo de la violencia
y de la guerra para resolver los conflictos.
Sin ser pacifistas, en las guerras hay personas
que no quieren participar,
solo por instinto de supervivencia.
Quim se escondió, desertó, se escondió en el bosque
y después pasó a Francia.
Los desertores son castigados severamente;
se los considera traidores a la patria,
y, en un contexto de guerra,
si los encuentran los fusilan.

- ¿Cómo fue acogido Quim en Francia?
  ¿Crees que la policía francesa
  actuó correctamente?
- ¿Conoces guerras actuales donde los jóvenes
  y sus familias se marchen de su país
  para salvar su vida?
- ¿Crees que somos solidarios con las personas
  que buscan refugio en otro país?
  ¿Los estados hacen todo lo que pueden
  para ayudarlos? ¿Quién se hace cargo?
- Busca por Internet algún movimiento pacifista
  del siglo xx.

Para ganar la guerra, la Segunda República
incorporaba soldados cada vez más jóvenes
al ejército regular.
Así se envió al frente a chicos
que acababan de cumplir 16 años,
conocidos como la Quinta del biberón.
Participaron en la batalla del Ebro,
la más grande en número de hombres y municiones
de la península Ibérica.

- ¿Con qué recurso el ejército republicano
  pasó el Ebro?
  ¿Cómo afectó a los pescadores de Salou?
- Investiga cuántos muertos, prisioneros
  y heridos de los dos bandos
  provocó la Batalla del Ebro.

Después de la guerra, el hambre y la escasez
de alimentos básicos (pan, aceite, azúcar,
bacalao, legumbres...) hicieron que las autoridades
racionaran los alimentos.

Algunos comerciantes y payeses se hicieron ricos
gracias al mercado negro y haciendo estraperlo,
vendiendo estos productos a precios elevadísimos.
Miquel, en Mas Oliver, ve cómo el masovero
participa en el mercado negro del aceite
yéndose a vender de noche a Barcelona.

- Busca el origen de la palabra "estraperlo".
- ¿Qué quiere decir mercado negro?
- ¿Te parece bien especular
  con la venta de alimentos básicos
  cuando la población está amenazada
  por el hambre?
- En el mundo actual,
  ¿se dan situaciones parecidas?

Tras la guerra, cuando Miquel hace de maestro
en Blanes, pasa miedo al encontrarse en la calle
unos soldados de su pueblo que lo reconocen.
Recuerda que al padre y al hermano de Miquel
los habían encarcelado en el año 1939
por ser de izquierdas.

- ¿Por qué tiene miedo Miquel?
- ¿Qué quiere decir ser un delator?
- ¿Qué consecuencias habría podido tener
  para Miquel si lo hubiesen delatado?

En el contexto de una guerra, donde se dan situaciones
de crueldad y violencia extremas,
también se manifiestan sentimientos nobles
de solidaridad y ayuda entre las personas.

- Gracias a los libros de historia, a novelas
  y a películas conocemos hechos solidarios
  que nos emocionan:
  busca algunos que te hayan impresionado.
- Siguiendo el pacto a la recíproca,
  pide a tus familiares si saben
  de alguna actuación generosa durante la guerra
  para proteger o salvar la vida de alguien.